Sommaire

PRÉSENTATION 5

NICOSTRATOS
Texte intégral 9

Après-texte

POUR COMPRENDRE
Étapes 1 à 7 (questions) 188

GROUPEMENT DE TEXTES
D'autres oiseaux mythiques... 202

INFORMATION/DOCUMENTATION
Bibliographie, filmographie, sites internet 206

PRÉSENTATION

Sous quelle étoile naît-on quand, comme Éric Boisset, on voit le jour un 8 novembre 1965, à Valence ? Peut-être sous la constellation « des grosses planètes nyctalopes » qui, depuis l'Antiquité, guident les marins grecs, les voyageurs et les rêveurs ?

Quoi qu'il en soit, l'auteur se dit d'une nature contemplative et, quand il entreprend un voyage dans les îles Cyclades, il n'a d'autre projet que de « flâner dans les villages, de goûter la cuisine locale et de se baigner dans des criques désertes » ; pas de chercher l'inspiration dans ces lieux où navigue encore l'esprit d'Homère. Mais les Dieux en ont décidé autrement et lui soufflent là le sujet de son prochain roman – car ce voyageur doucement paresseux est auteur de littérature de jeunesse. *Nicostratos* vient à lui sous la forme d'un incroyable duo : alors qu'il est attablé à la terrasse d'un kafénion (un café), il voit un garçon d'une douzaine d'années qui commande à un grand pélican, et ravit toute l'assemblée des touristes en mal de photos souvenirs. L'apparition ne se reproduit pas, mais elle a ouvert les routes de son imagination, « un jeu d'échos infinis », confie l'auteur. D'autant que le garçon a tout pour faire un héros de roman pour la jeunesse : l'oiseleur est orphelin et vit seul avec un père terrible et, peut-être, ce bel animal, dans le cadre sublime de la Méditerranée éternelle.

Pour un écrivain qui aime la nature et les voyages, et qui aime restituer des émotions, Petros – c'est le nom du pélican – et son maître sont des héros providentiels. Grâce à eux, le thème de l'amitié entre un enfant et un animal peut s'inscrire dans un cadre qui n'est pas sans rappeler à l'auteur le temps de son enfance : en effet, Éric Boisset a passé quelques années, au cœur de la Drôme provençale, entre les parties de pêche avec ses cousins et les nuits à la belle étoile. Est-ce sous une constellation qu'il a lu Marcel Pagnol et connu son premier éblouissement littéraire ? Un autre « Petit Poucet rêveur » l'accompagne : Arthur Rimbaud. Comme lui, il mène un temps une vie de bohème, puis s'installe à Paris et, de lecteur, passe à la condition d'écrivain. D'abord auteur de bandes dessinées, il devient romancier avec la publication du *Grimoire d'Arkandias*, premier volet d'une trilogie lue par des milliers d'adolescents. Juste retour pour un auteur qui déclare volontiers : « J'écris pour un lecteur idéal qui aurait la même sensibilité que moi. [...] J'écris ce que je voudrais lire, tout simplement ».

Nicostratos, publié en 1998, a reçu de nombreux prix et est adapté à l'écran par le réalisateur Olivier Horlait.

Éric Boisset

Nicostratos

1

Le jeune garçon était assis torse nu sur un ponton de bois dominant la mer et il réparait un filet dont il avait coincé quelques mailles autour de son gros orteil. Il travaillait avec application, en serrant bien chaque nœud. Le fil dont il usait était fin et coupant, mais il ne craignait pas les entailles car il avait une épaisse couche de corne sur la première phalange de l'index. Parfois, il s'essuyait le front d'un revers de main ou grattait machinalement ses courtes boucles brunes. Il avait le visage hâlé, des yeux noirs ombragés de longs cils et une bouche aux lèvres charnues. Il portait pour tout vêtement un pantalon de pêcheur usé jusqu'à la corde. Une petite croix d'or pendait à son cou au bout d'un lacet de cuir lustré par les ans.

Derrière lui, le vent faisait bruire les feuillages des citronniers qui répandaient leur odeur vers la plage. Tout en ravaudant[1], il écoutait leur chant et le contre-chant de la mer Ionienne[2] baignant les roches volcaniques de la baie de Pélikata.

La maison qui se dressait à la lisière du bois de citronniers appartenait à son père. C'était une construction cubique badigeonnée de lait de chaux. Elle avait un toit plat destiné à recueillir les eaux de pluie et des volets d'un bleu très pâle délavé de soleil, comme il est d'usage dans toutes les îles de l'archipel ionien. Entre le bois de citronniers et la maison, quelques plants de tomates et d'aubergines rôtissaient parmi les herbes jaunes. Et, tout à côté de la chambre du

1. Raccommodant.
2. Mer qui baigne la côte ouest de la Grèce.

jeune garçon, un très beau chèvrefeuille languissait[1] contre un pan de mur à demi écroulé à l'ombre duquel une chèvre maigre dormait pour oublier sa faim.

Depuis un moment déjà, le jeune garçon était agacé par sa croix d'or, qui lui tournicotait sous le nez et se prenait sans cesse dans les mailles du filet. D'une pichenette, il la rejeta sur son épaule. C'est à peu près à ce moment qu'il entendit au loin le tac-tac d'un bateau à moteur. Il posa son filet et observa les scintillements de la haute mer. Un caïque[2] parut à l'horizon. Quelques minutes plus tard, son père accostait au ponton. Le jeune garçon attrapa fort adroitement l'amarre qu'on lui jetait. Il la passa dans un anneau de fer et tira pour amener la petite embarcation contre les vieux pneus pendus en contrebas du débarcadère. Puis il courut attraper un second bout que son père lui lançait depuis la poupe.

Quand le caïque fut parfaitement immobilisé le long des piles de bois, le garçon descendit aider au déchargement du matériel. Il remonta tout d'abord deux piles de caisses vides où étincelaient des milliers d'écailles, puis un couffin de paille chargé des provisions achetées sur le port : un gros pain, un sac de riz, un autre de lentilles et quatre bouteilles de vin résiné.

Le père ordonna quelques flotteurs dans le fond de la barque avant de se hisser sur le ponton.

C'était un homme trapu, qui portait une casquette de laine feutrée de sel, une chemise bleue décolorée par le soleil et de vieux pantalons noirs troussés sur ses mollets velus. Des cristaux d'écume

---

1. Se déroulait mollement.
2. Petit bateau de pêche étroit, à rames ou à voiles.

brillaient dans sa barbe noire, qu'on eût dit frisée au petit fer. Il avait de très belles dents, mais souriait peu et ne riait jamais. Au pli amer qui abaissait les commissures de ses lèvres, on devinait que ce n'était pas un homme commode.

Il souleva une pile de caisses et demanda à son fils :

« Tu as pensé à porter le raki[1] au *Sténi Pappadès* ? »

Le jeune garçon se frappa le front du plat de la main et répondit :

« Mince ! J'ai complètement oublié. Je vais y aller tout de suite.

– Tu iras tout à l'heure ! Aide-moi d'abord à porter les courses. Je ne comprends pas comment tu as pu oublier. »

Le garçon chargea le couffin sur son épaule sans dire un mot. Il paraissait consterné. Tous deux s'éloignèrent vers le bois de citronniers.

« Quand je te charge d'une commission, tu ne dois pas l'oublier, reprit le père, qui s'appelait Démosthène Voutyras. Est-ce que c'est compris, Yannis ?

– Oui, père. C'est compris.

– Que va penser le capitaine du *Sténi Pappadès* ? Je lui avais promis les bouteilles pour neuf heures et il est bientôt midi.

– Je lui dirai que tout est de ma faute. Il comprendra. Combien je demande, déjà, pour les six bouteilles ? »

Démosthène Voutyras eut un soupir agacé.

« Dix mille drachmes[2] ! Et ne te trompe pas en comptant ! Essaye de ne pas me décevoir deux fois de suite dans la même journée. »

---

1. Eau-de-vie.
2. Ancienne monnaie en cours en Grèce jusqu'en 2002.

Le jeune garçon devint très pâle et aspira l'odeur des citronniers en rajustant le couffin de paille sur son épaule. Il marcha en silence jusqu'au jardin.

Puis, tandis que son père s'éloignait vers la remise avec les caisses, il pénétra dans la maison. La petite pièce, qui servait tout à la fois de cuisine et de salle à manger, sentait l'oignon frit et le poisson séché. Elle était chaulée de blanc et pavée de tomettes[1] en terre cuite. Quelques fromages pressés avec le lait de la chèvre Ivridichi séchaient au plafond dans une cage de bois grillagée, parmi des bouquets de plantes aromatiques cueillies sur les collines.

Yannis déposa son couffin sur la table et entreprit de ranger les provisions dans le placard. Il versa le riz et les lentilles dans des bocaux de verre clos de bouchons de liège, puis alluma une lampe à pétrole, souleva une lourde trappe et descendit vers la cave avec les bouteilles de vin résiné.

La cave était merveilleusement fraîche et tranquille. Il posa la lampe sur le sol de terre battue et rangea les bouteilles de vin dans un casier. La flamme jaune de la lampe levait de grandes ombres sous les voûtes de pierre et des odeurs de fleurs de citronnier coulaient par un petit soupirail placé à hauteur de plafond. Il se serait volontiers assis dans l'ombre, un moment. Mais il fallait faire cette course sur le port. Il prit les six bouteilles qu'il devait porter au capitaine du *Sténi Pappadès* et repensa aux paroles de son père : « Ne me déçois pas deux fois dans la même journée ! » De nouveau, il ressentit une grande tristesse et aspira l'odeur consolatrice des citronniers.

1. Petites dalles.

Il remonta dans la cuisine, rangea les bouteilles de raki dans le cabas et sortit de la maison.

Dehors, Démosthène avait décroché un tuyau de caoutchouc roulé autour d'une vieille jante fixée au mur de la citerne et il était en train de se rincer le visage à l'eau claire. Yannis contourna la maison et descendit caresser sa chèvre Ivridichi, qui dormait à l'ombre du pan de mur. Il lui gratta la barbe et lui prit les cornes à deux mains en signe d'amitié. Puis il chargea son couffin sur son épaule et s'éloigna vers le port.

Il marcha le long des quais et trouva aisément le *Sténi Pappadès*, un gros navire marchand qui revenait d'Afrique du Sud et qui avait été contraint de faire escale à Vathy[1] à cause d'une avarie moteur. Cet énorme bateau lui fit forte impression. Il l'observa un moment avec une admiration mêlée de défiance, en s'étonnant de ce qu'il pût flotter car il était tout en fer. Il faut dire que, par un étrange paradoxe[2], ce jeune Grec ignorait tout du principe d'Archimède[3] et que, pour lui comme pour tous les habitants de l'île, Archimède était le facteur qui venait une fois par semaine de Céphalonie[4] porter et prendre le courrier en canot à moteur.

Quelques gamins de son âge jouaient à la balle entre les étals vides du marché aux poissons. Il passa devant eux sans les saluer et s'engagea sur une passerelle de bois brun fixée au bordage.

---

1. Capitale actuelle de l'île d'Ithaque, dans l'archipel ionien.
2. Contradiction.
3. L'Archimède dont il est question ici est le savant grec qui vécut à Syracuse entre 287 et 212 avant J. C., connu pour ses travaux en mathématique et physique.
4. La plus grande des îles ioniennes.

Il demanda son chemin au premier marin qu'il croisa sur le pont, un Turc tondu dont le crâne s'ornait d'une cicatrice pâle et boursouflée. Ce janissaire[1] le conduisit à travers un dédale[2] de couloirs et d'escaliers, jusqu'à une porte de fer derrière laquelle il trouva un habitacle jonché de bouteilles vides et de vêtements froissés. Le capitaine avait sa couchette au fond de ce capharnaüm[3]. C'était un homme maigre et brun, dont la vareuse[4] lustrée de crasse tombait en loques. Il avait de petits yeux noirs très mobiles et une vivacité inquiète de coq de bruyère. Il se leva d'un bond à la vue de Yannis et traversa la cabine pour venir lui arracher le couffin des mains.

Il compta les bouteilles, en déboucha une, la flaira, puis, sous prétexte de vérifier la qualité du produit, la porta à ses lèvres et se mit à pomper le raki à grands coups de glotte, cependant que sa pomme d'Adam montait et descendait dans sa gorge comme un piston dans un sac. Yannis ne put réprimer une expression de dégoût.

« Haaa ! fit le pochard[5] en s'essuyant les lèvres d'un revers de poignet. Ça fait du bien par où ça passe ! Il est fameux, ce raki ! Je te dois combien, petit ?

– Dix mille drachmes. »

C'était un prix raisonnable, pour une marchandise de cette qualité. Le capitaine fouilla ses poches et en sortit trois billets vert pâle qui étaient des dollars américains. Yannis, qui n'en avait jamais vu, les refusa d'un hochement de tête.

---

1. Garde de l'armée ottomane.
2. Labyrinthe.
3. Endroit en désordre.
4. Blouse.
5. Alcoolique.

« Je n'accepte que les drachmes, dit-il en regardant son interlocuteur droit dans les yeux.

– Mais je n'en ai pas ! Où veux-tu que j'en trouve ?

– Débrouillez-vous. Si vous n'avez pas de quoi me payer en drachmes, je remporte les bouteilles. Et mon père viendra vous demander des comptes pour celle que vous avez entamée. »

Le capitaine rempocha aussitôt ses billets.

« Écoute, petit. Accorde-moi une minute. Je fais le tour des chambres de mes hommes et je reviens. »

Il chaussa ses espadrilles de corde et sortit de la cabine. Yannis fut soulagé de se trouver débarrassé de la présence de cet homme veule[1] et rouge qui empestait le cigarillo froid et la transpiration. Il alla ouvrir un hublot et aspira la brise de mer, admirant au loin la masse sombre de l'île de Céphalonie qui tremblait dans la brume de chaleur. Les craquettements extasiés des cigales lui arrivaient depuis la pinède de Vathy qui expirait sous des poudroiements de lumière violette. Il ferma un instant les yeux pour mieux savourer la paix de midi.

C'est alors qu'il perçut derrière lui un jappement plaintif semblable à ceux que poussent les chiots nouveau-nés. Il se retourna et balaya l'habitacle du regard. Celui-ci était vide et tout semblait normal. Il referma pensivement le hublot et revint à sa place. Il commençait à croire qu'il avait rêvé lorsque, de nouveau, un jappement aigu se fit entendre. Cette fois, il se mit à genoux et regarda sous la couchette. Puis il ouvrit un placard encombré de nippes malpropres qu'il écarta du bout du pied avec des frissons de dégoût. Peine perdue. L'animal jappeur demeurait introuvable.

1. Qui n'a aucune volonté ; lâche.

« Je me demande si je n'ai pas pris un petit coup de soleil ce matin sur le ponton, murmura-t-il avec inquiétude en se touchant le front du plat de la main. La réverbération, c'est traître ! »

Il allait mettre toute l'affaire sur le compte de la fatigue, lorsque, tout à coup, un colis qui se trouvait près de la porte des cabinets se mit à bouger tout seul ! L'objet était couvert d'un torchon à mains raidi de crasse. Il s'en approcha et l'observa quelques instants avec une perplexité mêlée de défiance. Puis il leva un coin du linge et eut la stupéfaction de découvrir, au fond d'une caisse en bois grillagée, un étrange petit animal ! Ce n'était pas un chiot, mais un oisillon brun doté d'un gros bec et d'une paire de courtes pattes palmées. Il gisait à plat ventre dans ses excréments et frissonnait de peur et de faim en étalant de part et d'autre de son corps duveteux et maigre deux moignons[1] d'ailes souillés.

Passé le premier moment de surprise, Yannis se pencha sur la caisse et murmura :

« C'est toi qui jappes ? Ça alors ! C'est incroyable ! »

L'oisillon se redressa sur ses pattes et regarda le jeune garçon en claquant du bec pour signifier qu'il avait soif. Yannis, ému, plongea aussitôt la main dans la caisse afin de lui grattouiller la huppe.

« Tu aimes les caresses, pas vrai ? Tu t'entendrais bien avec Ivridichi, ma chèvre. Elle adore qu'on lui gratte la barbe… »

À peine avait-il prononcé ces paroles que la porte de la cabine s'ouvrit en grand fracas et que le capitaine parut. Le jeune garçon retira précipitamment sa main de la caisse, mais c'était trop tard : l'ivrogne avait tout vu.

1. Morceaux.

« Qui t'a permis d'ouvrir cette cage ? » demanda-t-il d'un air mauvais.

Yannis, qui se sentait pris en faute, se redressa et bégaya :

« Je… J'ai entendu des grognements et… Enfin, je croyais que c'était un chiot. Mais je n'ai rien fait de mal. J'ai juste soulevé le linge.

– Je me demande si ton père apprécierait d'apprendre que tu t'es permis de fouiller partout en mon absence. Quand il est monté à bord, l'autre jour, pour nous aider aux manœuvres d'accostage, il m'a fait l'effet d'un homme horriblement sévère…

– Il l'est, bredouilla le jeune garçon. Ne lui dites rien, s'il vous plaît… »

Le capitaine prit dans la poche de son pantalon crasseux une boîte plate qui contenait de petits cigares. Il en alluma un, s'adossa dans l'embrasure de la porte et commença à souffler des volutes tout en fixant Yannis de ses yeux cruels d'ivrogne. Le jeune garçon n'en menait pas large. Il n'osait plus regarder autre chose que ses orteils. Ce pénible face-à-face se prolongea quelques instants, puis le capitaine tendit à Yannis une poignée de billets fripés.

« C'est entendu. Je ne dirai rien. Voici tes drachmes. Fous-moi le camp, petit voyou ! »

Yannis compta les billets et les fourra dans sa poche. Il ramassa le couffin de paille et se dirigea vers la porte de la cabine. Comme il s'apprêtait à la franchir, une longue plainte modulée[1] s'éleva de la caisse.

L'oisillon appelait au secours.

« Il te dit adieu ! plaisanta le capitaine. C'est un oiseau très poli. »

---

1. Qui prend des accents variés.

Yannis revint sur ses pas et se pencha avec émotion sur la cage. Le cri du jeune oiseau lui était allé droit au cœur. Il regarda le petit captif à travers la trappe grillagée et demanda :

« Qu'est-ce que c'est, comme espèce ?

– Je ne sais pas. Mais peu importe. Il va crever, de toute façon.

– Vous l'avez trouvé où ? En Afrique ?

– Qu'est-ce que ça peut bien te faire ? Tu es décidément trop curieux. Je te demande, moi, si ton père distille le raki ?

– Mon père est un honnête homme. Il ne distille pas de raki. Il le vend, c'est tout. Je m'inquiétais juste pour votre oiseau. Vous ne devriez pas le laisser patauger ainsi dans sa crotte. Si vous lui donniez une caisse propre et un peu d'eau claire à boire, vous lui sauveriez la vie !

– Je n'ai pas de leçon à recevoir de toi, petit merdeux ! Mais si ça peut te faire plaisir que cet oiseau boive un coup, après tout, pourquoi pas ? »

Il redéboucha la bouteille de raki, souleva la trappe et attrapa l'oiseau par le cou.

« Par ici, animal ! Il paraît que tu as soif ? Je vais te faire goûter un truc fameux, dont tu me diras des nouvelles… »

Il introduisit de force le goulot de la bouteille dans le bec de l'oisillon et lui versa dans la gorge une petite rasade de raki. L'infortuné volatile battit des ailes en hérissant ses plumes.

« Arrêtez, s'écria Yannis. Vous lui faites mal ! Vous allez le tuer !

– Il faudrait savoir ce que tu veux ! Je croyais qu'il avait soif ! »

Le jeune garçon se sentit gagné par un terrible accès de colère. Il aurait volontiers rossé le capitaine. Mais que pouvait un garçon de onze ans confronté à un homme de quarante ? Il jugea plus raisonnable d'opter pour la négociation.

« Donnez-moi l'oiseau, dit-il d'une voix faussement aimable. Je m'en occuperai.

– Que je te le donne ? Pas question ! Je l'ai payé, figure-toi !

– Il va mourir. Vous l'avez dit vous-même. Alors, perdu pour perdu, autant me le donner, non ? »

Le capitaine exhala une bouffée de cigarillo et leva pensivement ses petits yeux noirs vers le plafond de la cabine.

« Ce n'est pas si simple. Le collectionneur qui l'a commandé refusera de me le rembourser si je ne lui présente pas le cadavre. »

Yannis comprenait parfaitement où ce porc voulait en venir et il avait grand-peine à contenir son indignation.

« Et si je vous le rachète ? »

Le capitaine haussa les sourcils.

« Avec quoi ? Les drachmes du raki ?

– C'est l'argent de mon père. Je ne peux pas y toucher. Mais je peux vous donner quelque chose qui m'appartient, si vous voulez. »

Il ôta la petite croix d'or qui pendait à son cou et la tendit au capitaine. Ce dernier la soupesa dans sa paume, puis la mordit d'un air soupçonneux avant de demander :

« Où as-tu volé ce bijou ?

– Nulle part. Je le tiens de ma mère. C'est de l'or, vous savez.

– Et tu l'échangerais contre cet oiseau ? Tu te fous de moi, ou quoi ?

– Je ne me fous pas de vous. L'oiseau est vivant. Pour moi, il vaut plus que de l'or.

– Que dira ta mère en apprenant que tu as donné ta croix ?

– Rien. Elle est morte quand j'étais petit. Cette croix me gêne pour travailler. Elle se prend toujours dans les mailles des filets que je ravaude. Je vous la donne, contre l'oiseau. »

Le capitaine ferma les yeux et se livra à un rapide calcul. Puis il empocha la croix en disant :

« Marché conclu ! Prends l'oiseau. Il est à toi. »

Yannis ne se le fit pas dire deux fois. Il plongea ses mains dans la caisse et glissa délicatement ses doigts sous le ventre du captif, qui se mit aussitôt à agiter ses moignons d'ailes comme s'il avait compris que le cauchemar prenait fin. Avec précaution, il le déposa au fond du couffin de paille. Puis il quitta la cabine sans un mot, gagna le quai et s'éloigna en serrant son trésor sur son cœur.

Lorsqu'il parut à l'orée[1] du bois de citronniers, un moment plus tard, il aperçut son père qui cueillait des tomates dans le jardin. Il ne s'attendait pas à le trouver dehors à l'heure la plus chaude de la journée et il fut tenté de contourner discrètement la maison pour aller cacher l'oiseau dans sa chambre. Hélas, Ivridichi, qui l'avait aperçu, se mit à bêler d'une voix déchirante et il fut bien forcé de s'avancer à découvert, son couffin de paille au bout du bras. Il laissa la chevrette venir à lui et l'attrapa par la barbe pour la morigéner[2] à voix basse :

« Tu ne pouvais pas la fermer, dis, ta trompette ? Pauvre vieille bique malade ! Par ta faute, mon père va peut-être découvrir l'oiseau. »

1. Entrée.
2. Gronder.

Le folâtre[1] petit quadrupède accueillit ces amabilités en secouant joyeusement la tête, puis en donnant de légers coups de cornes dans le couffin.

« Arrête, Ivridichi ! ordonna le garçon en l'empoignant par les cornes et en la repoussant. C'est de brouter les fleurs de thym qui te rend folle ?

– Non, répondit Démosthène depuis le jardin. C'est de les brouter loin du bouc ! Je la mènerai chez Nikolas Arvanitis, demain matin. Tu as pu voir le capitaine du *Sténi Pappadès* ?

– Oui, j'ai l'argent. Dix mille drachmes ! Les voici. »

Il s'avança vers son père, l'argent dans une main et le couffin dans l'autre, en priant Dieu que l'oisillon n'ait pas – à l'instar d'Ivridichi – la lubie de vocaliser.

« Tout s'est bien passé ? demanda Démosthène en prenant les billets. On ne t'a pas fait de difficultés ?

– Non, père, mentit Yannis pour ne pas compliquer les choses. Le capitaine est un honnête homme.

– Il a goûté le raki ?

– Oui. Il l'a aimé. Je... »

Il s'interrompit tout à coup et fit une grimace en serrant le couffin sur son ventre pour immobiliser l'oisillon qui commençait à s'agiter dans sa prison de paille. Démosthène regarda son fils avec étonnement.

« Qu'est-ce qui te prend ? Est-ce que tout va bien ?

– Oui, père, tout va bien. Pourquoi me demandez-vous ça ?

– Je ne sais pas. Tu as l'air bizarre. Tu pétris ton couffin en faisant des grimaces...

---

1. Léger, gai.

– C'est que j'ai pris un petit coup de soleil, ce matin sur le ponton. Ça m'élance dans les membres. Déjà, tout à l'heure, sur le port, la tête me tournait…

– Rentre te mettre à l'ombre et prépare le riz. J'apporte de quoi faire une salade. »

Il se baissa pour cueillir une tomate et ajouta :

« Et laisse-moi le couffin. J'en aurai besoin pour mettre les tomates… »

Yannis avala péniblement sa salive et répliqua d'une voix presque aussi chevrotante que celle d'Ivridichi :

« Vous avez déjà un panier derrière vous, père. Dans l'herbe… »

Démosthène se retourna et regarda le gros panier d'osier posé dans les herbes jaunies à la lisière du jardin.

« En effet ! constata-t-il platement. Je crois que je devrais me méfier du soleil, moi aussi. »

Il tira le panier à lui et y posa deux tomates chaudes, cependant que Yannis traversait d'un pas rapide les plates-bandes d'aubergines en direction de la maison.

Le jeune garçon retrouva avec soulagement l'intimité bleuâtre de sa chambre et le bourdonnement familier des abeilles butinant les fleurs de chèvrefeuille derrière le volet mi-clos.

La petite pièce chaulée de blanc et pavée de tomettes sombres n'était pas un modèle d'ordre ni de propreté. Mais il y avait là tout le nécessaire : un lit en bois d'olivier, une petite table de nuit de même essence, un coffre à linge et un pupitre qui était un cadeau de Papa Kostas, le prêtre orthodoxe[1] chez qui Yannis se rendait une fois par semaine pour prendre sa leçon de lecture.

Le garçon repoussa un peu les volets afin de donner davantage de jour à la chambre et il posa le couffin sur le lit.

« Viens un peu par ici, toi ! dit-il à l'oisillon en le prenant délicatement dans ses mains. Tu reviens de loin, tu sais ! Un peu plus et tu mourais écrasé sous les tomates ! Tout va bien ? Le voyage n'a pas été trop pénible ? »

Pour toute réponse, l'oisillon entrouvrit les paupières.

Il semblait à bout de forces.

« Tu boirais bien un peu d'eau, n'est-ce pas ? Je vais aller te chercher ça. Tu n'as rien contre l'eau de citerne, je suppose ? »

Non, apparemment, le petit animal ne nourrissait aucun préjugé défavorable à l'encontre de cette boisson. Il était du reste trop mal en point pour se montrer difficile. Yannis ouvrit son coffre à linge et roula en boule quelques maillots afin de confectionner un nid grossier dans lequel il déposa l'oisillon.

« Je te cache ici cinq minutes, le temps d'aller chercher à boire. Ensuite, je te ferai une cage et je t'installerai comme il faut. À tout de suite. »

Il referma le battant de bois en y coinçant un flotteur de liège afin que l'oiseau puisse respirer. Après quoi il sortit de la maison, un verre vide à la main.

---

1. Qui appartient à l'une des confessions du christianisme, née dans la zone de culture grecque et orientale du bassin méditerranéen.

Dehors, il faisait chaud et l'air sec sentait le thym et la menthe sauvage. Démosthène était toujours occupé à cueillir ses tomates. Yannis longea discrètement le jardin pour aller tirer un verre d'eau tiède à la citerne. Il revint tout aussi discrètement porter ce butin à son petit protégé.

Il déposa l'oisillon sur une natte de corde et lui présenta le verre d'eau. Comme le petit volatile était trop faible pour s'en approcher et boire tout seul, il trempa son doigt dans l'eau et lui versa quelques gouttes tièdes directement dans le bec. L'oisillon les avala avec avidité. Un peu requinqué[1], il se mit debout sur ses pattes et marcha courageusement en direction du verre. Il y trempa son gros bec et but l'eau goutte à goutte, en levant le cou et en se rengorgeant à chaque becquée. Apparemment, il avait eu très soif à bord du bateau. Cet abruti de capitaine ne lui avait sans doute pas donné à boire depuis des jours. De nouveau, le jeune garçon sentit la colère le mordre au ventre. Que n'avait-il dix-huit ans et un mètre quatre-vingts pour retourner casser la figure à ce tortionnaire[2] d'animaux ! Il avança doucement la main vers l'oiseau et lui gratta la tête.

« Ça va mieux, on dirait ? L'eau était à ton goût ? »

L'oisillon hérissa la petite huppe qu'il avait à l'arrière du crâne. Puis il jappa à deux reprises en signe de satisfaction.

« Tais-toi, malheureux ! Mon père pourrait t'entendre ! »

Il lui attrapa le bec et le serra doucement dans son poing.

« C'est drôle, quand même, d'entendre japper un oiseau ! Je me

1. Qui a repris des forces ; rétabli.
2. Qui torture.

demande à quelle espèce tu appartiens… Tu ne peux pas être un perroquet, tu as les pattes palmées… Tu dois être un canard, croisé avec un chien ! Ou alors un cygne atteint de laryngite !… »

L'oisillon écoutait ce que lui disait Yannis avec beaucoup d'attention, en dodelinant[1] de sa tête ronde. Quand le jeune garçon eut fini de parler, il claqua du bec et fit bouffer le duvet de son jabot. Puis il traversa la chambre à faible allure en se dandinant sur ses courtes pattes que prolongeaient de petites griffes très pointues. Il était vraiment comique à voir et attendrissant en même temps. Un gros pépère maladroit empêtré dans des souliers trop grands pour lui. Il marqua des signes d'intérêt à la vue d'une sandale et la prit dans son bec pour la mâchouiller. Puis il la cracha et s'éloigna en direction de la cuisine.

« Hep là ! s'écria le garçon en bondissant vers le fuyard. Par ici, voyou ! Je ne veux pas que tu t'aventures hors de la chambre ! »

Il récupéra son oiseau et le réinstalla sur la natte de corde.

« Si mon père te croisait dans la cuisine, j'aurais des ennuis. Il me demanderait d'où tu viens. Et il faudrait que je lui parle de ce que tu sais… »

Il traça avec son doigt une croix sur son sternum, car il n'osait plus prononcer le nom du bijou perdu.

L'oiseau n'avait cure[2] de ces considérations. Ce qu'il voulait, c'était aller dans la cuisine, où flottaient d'affriolantes odeurs de poisson séché. Il s'élança de nouveau à travers la chambre, si rapidement que Yannis dut l'attraper par une patte et le ramener de

1. En faisant bouger doucement.
2. Ne se souciait pas.

force sur la natte. L'oisillon, mécontent, souffla par le bec comme un cachalot.

« Puisque tu vas mieux, je vais faire ta toilette. Tu es si sale que tu ressembles à ton ancien maître, le capitaine du *Sténi Pappadès* ! »

Le jeune garçon imbiba d'eau tiède le coin d'un mouchoir et entreprit de débarbouiller l'oisillon des excréments séchés dont il était couvert. Ceux-ci formaient des squames difficiles à ôter, mais à force de patience, il put rendre au duvet roux son aspect initial. L'oisillon apprécia cette propreté à laquelle il n'était pas habitué mais dont il avait instinctivement hérité le goût. Il agita ses moignons d'ailes pour les sécher, puis fit descendre et monter son long cou en donnant des coups de bec à un ennemi imaginaire. Yannis l'observait en riant de plaisir. Mais, tout à coup, il se rappela que Démosthène lui avait demandé de préparer le riz ! Il attrapa l'oiseau et le fourra dans le coffre en lui promettant de revenir lui porter à manger aussi vite que possible.

Après le repas, il fallut réparer les filets et préparer la barque pour la pêche du lendemain. Yannis ne trouva pas un instant pour venir s'occuper de son oiseau. Vers cinq heures, il put enfin s'isoler un moment dans sa chambre et prendre des nouvelles de son petit protégé. Celui-ci s'était endormi dans le nid de maillots et il respirait calmement. Yannis n'eut pas le cœur de le réveiller pour lui donner le quignon de pain imbibé de lait de chèvre qu'il avait préparé pour lui. Il posa l'en-cas sur la table et sortit de la chambre sur la pointe des pieds.

---

1. Plaques.

Démosthène descendit au village vers sept heures pour y prendre l'apéritif et récupérer la bêche que lui avait empruntée Panaïotis Kondakos. Yannis profita de son absence pour confectionner à la diable une cage avec une moitié de nasse en osier grossièrement rafistolée au fil de pêche. Il déroba dans la remise une corbeille à ouvrage garnie de vieilles pelotes de laine dont il fit un nid qu'il fixa fort adroitement au fond de la nasse transformée en cage. Le résultat lui parut superbe. C'était autre chose que la caisse en bois grillagée de cet abruti de capitaine ! Avait-on idée, aussi, de coller du grillage piquant et rouillé dans la cage d'un oisillon fragile ballotté par le roulis ! ? Et pourquoi pas un édredon garni de fil de fer barbelé ? Ou une planchette à clous ? Prenait-il donc les oiseaux pour des fakirs[1] ?

Il alla cacher la cage dans sa chambre et entrouvrit le coffre à linge pour voir si l'oiseau ne s'était pas réveillé.

Non, il dormait toujours, en respirant par petites saccades avec des couinements aigus de balançoire qui grince. Le jeune garçon resta un moment à l'observer, repensant aux jappements par lesquels il s'était manifesté à lui dans la cabine du capitaine. Décidément, ce n'était pas un oiseau ordinaire.

« Il ronfle pire que mon père. Ça promet ! Peut-être qu'il rêve à son pays ? Il faudra que je demande à Papa Kostas où se trouve l'Afrique. Je suppose que c'est en bas à gauche, mais je n'en suis pas sûr. »

---

1. Hommes doués de pouvoirs magiques, surhumains.

Il referma doucement le couvercle du coffre et alla s'asseoir sur son lit pour faire le point de la situation. Pour le moment, Démosthène ne se doutait de rien. Il n'avait pas vu bouger le couffin, ni entendu japper l'oiseau. Et comme il n'entrait jamais dans la chambre que pour la repeindre, une fois tous les cinq ans, il n'y avait pas à craindre qu'il découvrît le pot aux roses. En revanche, il pouvait fort bien remarquer la disparition de la petite croix d'or et, de fil en aiguille, remonter à l'oisillon et en faire un drame épouvantable. Il fallait à tout prix empêcher cette catastrophe ! Le jeune garçon se prit le visage à deux mains et ferma les yeux pour mieux réfléchir. Puis il se leva d'un bond, tout guilleret[1] : il la tenait, son idée ! Il passa en hâte un maillot de marin à peu près propre et alla prendre un pendentif dans le tiroir de sa table de nuit. C'était une croix en bois d'olivier ornée d'un christ Panthocrator[2] qui avait à peu près les proportions de celle qu'il avait donnée au capitaine en échange de l'oiseau. Il la mit à son cou et la rentra sous son maillot afin qu'on n'en devine que les contours à travers l'étoffe de coton. L'effet était assez réussi. Ainsi couverte, cette croix en bois ne se distinguait plus de la croix d'or. Bien malin qui eût pu remarquer la substitution ! Jugeant que toutes les précautions avaient été prises, il sortit traire Ivridichi, qui bêlait à fendre l'âme depuis un quart d'heure parce qu'on la négligeait.

Démosthène rentra à la nuit tombante, sa bêche sur l'épaule et les sourcils froncés. Les deux anisettes bues sur le port en compagnie de Panaïotis Kondakos avaient quelque peu assombri son

---

1. Joyeux.
2. Christ représenté dans sa gloire.

humeur, qui n'était déjà pas folâtre d'ordinaire. Il traversa le jardin en roulant de sombres pensées et croisa son fils sans lui parler ni même s'étonner de ce qu'il ait mis un maillot, lui qui allait toujours torse nu d'habitude. Cette distraction arrangeait Yannis, qui baissa le menton et jeta un coup d'œil discret à la bosse de la croix en bois sous l'étoffe de coton. L'illusion était complète. Quelle merveilleuse ruse, digne de ce marin dont lui avait parlé Papa Kostas : Ulysse l'avisé[1] ! Un bien beau héros, entre parenthèses. Mais dont les aventures étaient dures à lire, même en grec démotique[2].

Yannis acheva de traire Ivridichi et rentra aider son père à préparer le repas. Il mangea de grand appétit la salade de concombres et le gratin de pommes de terre. Puis il débarrassa la table pendant que Démosthène finissait son verre de vin en croquant des amandes dont il brisait les coques entre ses gros doigts gercés d'eau de mer.

Dehors, le soleil bas ensanglantait la ligne d'horizon. Une magnifique lumière poudreuse tombait sur le jardin et sur le bois de citronniers. Il faisait rose. Comme à son habitude, Yannis sortit admirer le crépuscule. Il descendit s'asseoir dans les sauges en contrebas du jardin, là où l'odeur des citronniers était particulièrement capiteuse à la tombée du jour, et il regarda la mer Ionienne qui roulait au loin ses parcelles d'or. Elle soupirait en se retournant sur le sable comme sur une litière de rubis bruissants. Il ne faisait aucun doute qu'elle vivait, puisqu'elle respirait avec un rythme lent de grand animal. Le jeune garçon cueillit un brin de sauge et le mordilla en observant les manifestations du soir.

1. Le prudent, le rusé.
2. Forme courante du grec moderne.

Quand il quitta le jardin, il faisait nuit noire et une petite brise de terre agitait les feuillages des citronniers.

Démosthène était allé se coucher. Le jeune garçon alluma la lampe à pétrole et prit une poignée de riz blanc dans le placard de la cuisine. Il entra dans sa chambre et s'avança sans bruit vers le coffre où dormait son oiseau. Dès qu'il en eut soulevé le couvercle, le petit dormeur ouvrit les yeux. Il paraissait en pleine forme, quoiqu'un peu engourdi par le sommeil.

« Ça y est ? Tu émerges ? Ce n'est pas trop tôt ! »

Il prit délicatement l'oisillon dans sa main et le déposa sur la natte de corde, devant l'assiette contenant le quignon de pain imbibé de lait de chèvre. L'animal flaira le quignon humide et claqua du bec d'un air mécontent. Apparemment, ce baba spongieux ne l'inspirait guère. Yannis lui présenta sans plus de succès les grains de riz qu'il avait pris dans la cuisine.

« Tu es difficile, mon cochon ! Tu veux quoi ? Une fricassée d'aubergines au lard ? »

L'oisillon ne prit pas la peine de répondre à cette apostrophe[1] grossière. Mais il se redressa sur ses pattes palmées et il se mit pataudement[2] en route vers la cuisine, qui semblait être sa destination favorite.

« Ça y est ! Voilà que ça le reprend ! Il file vers la cuisine ! »

Le jeune garçon fut tenté de rattraper le fugueur. Mais comme Démosthène dormait en ronflant à faire trembler les assiettes dans le vaisselier, la petite escapade ne présentait après tout aucun dan-

1. Interpellation.
2. Maladroitement.

ger. Il laissa donc l'oisillon aller, se contentant de le suivre et de l'éclairer avec sa lampe, comme on accompagne un bébé qui fait ses premiers pas.

« Je me demande ce qui peut bien l'attirer ici ? souffla-t-il en pénétrant derrière lui dans la cuisine. Pas le fromage de chèvre, quand même ! Alors quoi ? »

Il observa les pérégrinations[1] du petit animal et ne tarda pas à remarquer qu'il tournait dans un étroit périmètre sous la cage de bois grillagée renfermant des filets de poisson séché. C'était donc cela qui l'attirait : l'odeur du poisson !

Yannis posa sa lampe sur la table et monta sur une chaise pour prendre dans la cage deux beaux filets de poisson diamantés de cristaux de sel. Il en racla la peau dans l'évier avec un couteau et reprit sa lampe en murmurant à l'oiseau :

« Amène-toi. C'est l'heure du miam-miam ! »

Mais l'oisillon déréglé comprit de travers et se dirigea vers la poubelle, où il piocha frénétiquement des épluchures de concombres. Yannis dut l'attraper par les pattes et l'emporter sous son bras, en dépit de ses protestations.

Le jeune garçon avait vu juste, pour le poisson : c'était bien la nourriture favorite de l'oiseau. Il le lui émietta dans le lait et l'animal picora tout jusqu'à la dernière miette.

Après quoi, il battit des ailes avec une expression d'allégresse bouffonne.

« Tu t'es collé une belle ventrée de poisson, pas vrai ? Je te prépare une petite tisane de sauge, pour faire glisser tout ça ? »

---

1. Allées et venues.

L'oisillon allongea le cou et pinça tendrement de son bec le poignet de Yannis, qui se laissa faire en souriant.

« Tu es quand même une drôle de bête. On dirait que tu comprends les choses. Il faudra que je parle de toi à Papa Kostas. Il connaît toutes les sortes d'oiseaux. Il me dira à quelle espèce tu appartiens. En tout cas, vu ton goût pour le poisson, tu es sûrement un oiseau marin. J'ai bien envie de t'appeler Nicostratos. »

Il flatta les flancs du petit animal, qui se rengorgea sous la caresse, et ajouta :

« Nicostratos, c'est le nom d'un très beau bateau qui a fait escale à Vathy voici deux ans. Un yacht brun avec des voiles blanches. Il te ressemblait un peu. Sauf que toi, tu as le blanc sous le ventre et le brun sur le dos… »

Le petit volatile accusait maintenant le coup de ses excès de table. Il avait de plus en plus de mal à garder les yeux ouverts et il se balançait d'une patte sur l'autre comme sous l'effet du roulis.

« Oui, plus j'y pense et plus ça me semble être un beau nom pour toi. Tu seras Nicostratos. »

Il se leva et alla prendre la nasse d'osier qu'il avait bricolée pour son oiseau.

« Allons, il est temps de se coucher, maintenant. Approche, Nicostratos, que je te mette dans ta cage… »

L'oisillon somnolent se laissa installer dans la corbeille garnie de pelotes de laine et ferma aussitôt les yeux. L'instant d'après, il dormait paisiblement.

Yannis cacha la nasse sous son pupitre et souffla d'un coup la lampe à pétrole. Puis il se déshabilla en éparpillant ses affaires aux quatre coins de la chambre. Il ne fut guère plus long que Nicostratos à chavirer dans le sommeil.

Le lendemain matin, Nicostratos jappa aux environs de sept heures. Yannis, qui rêvait de savane africaine à cause d'un conte lu chez Papa Kostas quelques jours plus tôt, crut tout d'abord qu'une hyène s'était introduite dans sa chambre. Il se redressa dans son lit et chercha des yeux le charognard, avant de comprendre d'où venaient les cris.

« Qu'est-ce qui te prend, d'aboyer ainsi de grand matin ? Tu deviens fou ? »

Nicostratos salua son jeune maître en imitant le grincement d'un gond rouillé. Il paraissait ravi d'entendre enfin une voix dans cette chambre si tristement silencieuse.

« La nuit, tu ronfles, et le matin, tu grinces ! Tu n'es pas un oiseau de tout repos, tu sais ? »

Le jeune garçon se leva et alla ouvrir les volets. Une bouffée tiède embauma la chambre. L'air du jardin était parfumé de toutes les odeurs des collines. Il passa rapidement son pantalon de pêcheur et son maillot rayé blanc et bleu. Puis il alla prendre la nasse[1] d'osier sous le pupitre, et il la souleva dans la lumière du matin pour regarder son oiseau. Celui-ci était resplendissant. Son duvet propre et sec bouffait comme un tricot de laine angora.

« Tu es superbe ! On dirait une poule de Chine ! Un brin de toilette et un bon repas, ça vous change un oisillon, pas vrai ? »

---

1. Panier.

Il passa le doigt entre les barreaux d'osier de la cage afin de gratter le cou du petit animal.

« Je vais pouvoir te faire prendre l'air un moment, ce matin, car mon père est à la pêche. Mais, avant toute chose, le petit déjeuner… »

Il posa la cage d'osier sur le rebord de la fenêtre et alla préparer du poisson au lait pour Nicostratos. À son retour, il trouva Ivridichi en train de flairer avec gourmandise l'osier tendre de la nasse.

« Veux-tu bien me ficher le camp, maudite bique ! s'écria-t-il. Je vais t'apprendre, moi, à croquer la cage de Nicostratos ! »

Ivridichi bêla et s'éloigna d'un air triste vers le pan de mur où elle avait ses habitudes.

« Si elle revient t'importuner, pique-lui le museau avec ton bec ! Tu dois apprendre à te défendre, sans quoi, elle te broutera la huppe. Les chèvres, c'est sans-gêne. »

Il sortit l'oisillon de la nasse et le posa sur la natte de corde devant l'assiette de poisson au lait. Nicostratos y piocha aussitôt à grands coups de bec.

« C'est marrant, on dirait que tu as de la peau en trop sous le bec. Tu n'es pas très normal, comme oiseau. »

Il le quitta un moment pour aller à la cuisine se préparer deux tartines de pain frottées d'ail et attendries d'un rayon d'huile d'olive.

Quand il revint dans la chambre, l'assiette était vide et la natte de corde toute constellée de gouttes de lait. Il prit un mouchoir propre dans son coffre à linge et en tamponna les perles blanches.

« Tu ne manges pas très proprement, constata-t-il. Mais il est vrai que tu n'es encore qu'un oisillon. Tu as le temps d'apprendre. Allons, sortons ! J'ai du travail. »

Il posa Nicostratos au milieu des plants d'aubergines et alla chercher dans la remise un bac plein de filets démaillés.

« Tu vois, il faut que je répare tout ça, ce matin ! C'est du boulot, tu sais ! Allons, grimpe, je te descends au ponton. »

Il déposa l'oiseau parmi les filets et s'en fut en direction du bois de citronniers.

Nicostratos se plut à explorer le petit débarcadère. Il s'y dandina en claquant du bec et en humant l'air marin. Au début, Yannis le surveillait du coin de l'œil et courait le chercher dès qu'il s'aventurait trop près du bord. Mais, bientôt, il s'absorba complètement dans son travail et ne lui prêta plus du tout attention. L'oisillon, enhardi, flirta dix bonnes minutes avec le gouffre[1] avant d'y basculer finalement la tête la première, à la stupéfaction de Yannis qui se précipita aussitôt vers l'échelle. Le jeune garçon eut le soulagement de constater que son petit protégé flottait à merveille, ce dont, à vrai dire, il aurait dû se douter, vu ses pattes palmées ! Il admira un instant l'aisance innée de l'oisillon, qui profitait du mouvement des vagues pour glisser à sa guise où il voulait.

« Je serais vraiment curieux de savoir à quelle espèce il appartient. Ça m'intrigue de plus en plus, cette histoire. »

Il regarda ses filets abandonnés sur le ponton, puis l'ombre des piliers de bois sur la petite plage blanche courbée en croissant de lune.

« Ne bouge pas ! cria-t-il enfin à l'oiseau. Je vais chercher le couffin de paille et je reviens. On part en balade chez Papa Kostas. »

Quand il reparut sur le ponton, un moment plus tard, Nicostratos avait été emporté au loin par le courant et, en dépit de

1. Trou.

tous ses efforts, ne parvenait pas à regagner le rivage. Yannis ôta son pantalon et son maillot, puis plongea tout nu dans la mer Ionienne. En quelques brasses, il rejoignit l'oiseau. Il le prit par les pattes et le ramena vers la rive en le tenant la tête en bas, comme un poulet de marché. Puis il le déposa sur le plancher du ponton et il se rhabilla en lui faisant la leçon :

« Tu vois ce qu'il en coûte, de présumer de ses forces ? Si je n'avais pas été là, tu partais pour Céphalonie ! Allez ouste, dans le panier ! Tu sécheras en route ! »

Il fourra Nicostratos dans le couffin de paille et s'éloigna en direction du maquis[1].

Le monastère de Prévéli était perché sur le rebord d'une falaise de roche noire, à une vingtaine de minutes à pied de Pélikata. On y accédait par un sentier étroit qui serpentait à flanc de colline entre des clématites et des genêts en fleurs. La promenade était agréable, à condition d'avoir de bonnes jambes et de ne pas craindre le vertige. Et la vue depuis le monastère passait, à juste titre, pour l'une des plus belles de l'île. Mais elle était également terriblement impressionnante et il fallait avoir le cœur bien accroché pour se risquer sur les balcons du dernier étage, ces frêles promontoires de plâtre orientés face à la mer et qui semblaient suspendus en plein ciel au-dessus du miroitement angélique de l'eau.

Yannis trouva Papa Kostas dans le jardin du cloître, assis avec un livre à l'ombre des arcades fleuries d'hélianthèmes et de giroflées. Il s'avança vers lui en faisant craquer le gravier sous ses pieds nus et le prêtre leva brusquement le nez de son précieux petit incunable[2]

1. Étendue de plantes méditerranéennes, qui couvre le littoral et la montagne.
2. Livre qui date des premiers temps de l'imprimerie, c'est-à-dire entre 1450 et 1501.

enluminé de scènes pieuses[1]. C'était un septuagénaire de haute mine, qui portait avec beaucoup de prestance la robe noire, la toque et la croix pectorale[2] grecque. Il avait de petits yeux bleus, une barbe blanche calamistrée[3] et une courte queue de cheveux gris qui battait le col de son habit monastique.

« Yannis, mon petit ! s'écria-t-il avec un beau sourire. Est-ce le jour de ta leçon ? »

Le jeune garçon prit le temps de se pencher vers le saint homme et de baiser respectueusement la bague sacerdotale[4] avant de répondre :

« Non, Papa Kostas. Je suis venu pour autre chose. Je voulais vous montrer un oiseau.

– Par exemple ! Quelle charmante idée ! Un oiseau vivant ?

– Oui. Enfin, un oisillon. J'aimerais savoir à quelle espèce il appartient. Il n'y a que vous qui puissiez me le dire.

– Je suis loin de connaître toutes les sortes d'oiseaux, répliqua modestement Papa Kostas. Mais j'ai étudié l'ornithologie[5], autrefois, à Athènes. Et je puis peut-être t'aider. Il est dans ce couffin ?

– Oui. Tenez, regardez comme il est mignon ! »

Papa Kostas jeta un coup d'œil à l'intérieur du panier, puis y plongea les deux mains et attrapa Nicostratos, qui se mit aussitôt à se débattre et à siffler de colère.

Il le haussa dans la lumière du matin et l'observa sous tous les angles avant de le poser sur ses genoux en s'exclamant :

---

1. Religieuses.
2. Portée sur la poitrine.
3. Bouclée.
4. Symbole de la fonction religieuse.
5. Science qui s'intéresse aux oiseaux.

« Ça par exemple ! Je n'arrive pas à le croire ! Un *Pelecanus onocrotalus* !

– Un quoi ?

– Un *Pelecanus onocrotalus.* C'est le nom latin du pélican blanc.

– Vous voulez dire que Nicostratos est un pélican ? C'est bien ça ?

– Tout à fait. Bec rose et poche jaune, pattes palmées couleur chair, duvet roussâtre marqué de blanc, ailes et queue brunes, iris rouge. Il a environ deux mois. Et je puis te dire que c'est un mâle, car il a une huppe derrière la tête. Qui t'a donné ce superbe oisillon ?

– Le capitaine du *Sténi Pappadès.* Une brute qui le tenait caché dans une caisse et s'en occupait fort mal.

– S'il te l'a donné comme ça, pour rien, ce n'est pas une brute…

– J'ai dû le lui échanger contre quelque chose.

– Quoi donc ?

– Je… Je ne sais pas si je dois vous le dire…

– Tu sais bien que tu peux tout me dire, voyons ! Que lui as-tu donné contre l'oiseau ? Tes livres de grec ?

– Oh non, Papa Kostas ! Je n'aurais jamais fait une chose pareille !

– Alors quoi ? »

Le jeune garçon hésita quelques instants, puis baissa les yeux et souffla comme à confesse :

« Ma croix d'or.

– Celle de ta mère ?

– Oui. C'est mal, n'est-ce pas ? »

Papa Kostas ne répondit pas tout de suite. Il médita une bonne minute en caressant le petit pélican qui somnolait sur ses genoux.

« Non, reprit-il enfin. Tu as agi noblement. Un bijou n'est qu'une chose morte, après tout. Et dans l'ordre des valeurs orthodoxes, toute créature vivante doit lui être préférée. »

Touchant du doigt la poitrine de Yannis, il demanda :

« Quelle est donc cette croix que j'aperçois sous ton maillot ?

– Une croix en bois d'olivier. Je donne le change, pour mon père…

– Je comprends. Fais en sorte qu'il n'apprenne pas que tu as donné ta croix d'or. Il le prendrait fort mal.

– Je sais. Et d'ailleurs, je n'ai rien osé lui dire pour l'oiseau. Pour l'instant, je le cache dans ma chambre…

– C'est une sage précaution. Mais tu ne pourras pas continuer de le cacher là bien longtemps, car il va grandir. Les pélicans blancs sont de très gros oiseaux, qui atteignent assez souvent le mètre soixante.

– D'envergure, vous voulez dire ?

– Non, de hauteur. Ce sont des oiseaux géants. »

Yannis marqua un temps de stupeur, puis demanda :

« Vous n'êtes pas en train de me dire que ce petit oisillon que je vous ai apporté dans un couffin mesurera un jour un mètre soixante de haut ?

– Mais si, voyons ! On dirait que ce chiffre t'effraie ! Il n'a pourtant rien d'exceptionnel, puisque le pélican blanc est un des plus grands oiseaux d'Europe ! »

Rien d'exceptionnel ?

Papa Kostas en avait de bonnes. C'était tout simplement stupéfiant, oui ! Yannis baissa les yeux et contempla l'oisillon brun qui dormait sur les genoux du prêtre. Il ne payait pourtant pas de mine, avec ses grosses pattes, son gros bec, ses moignons d'ailes et son crâne déplumé. Et dire que c'était un futur oiseau géant !

« Un mètre soixante, c'est haut comme quoi, à peu près ? demanda le jeune garçon, qui éprouvait le besoin de se pénétrer de certaines réalités.

– Comme jusqu'au bas de cette glycine qui est derrière toi », répondit placidement Papa Kostas.

Yannis se retourna vers la glycine et fut glacé d'une peur affreuse. Elle était si haute qu'il aurait pu passer dessous sans l'effleurer de ses boucles ! Son oisillon allait-il vraiment s'enfler jusqu'à ces effrayantes proportions ?

« J'espère qu'au moins les pélicans ne deviennent pas agressifs, en grandissant ? bredouilla-t-il.

– Non, rassure-toi. C'est un oiseau pacifique et bienveillant, qui s'attache à son maître et le suit en tous lieux comme un chien. Tu ne passeras pas inaperçu, l'an prochain, sur le port ! »

À cet instant, un angélus[1] sonna et le prêtre se tut pour écouter vibrer les cloches de bronze dans l'air tiède du cloître. Yannis sentit nettement leurs résonances graves dans sa poitrine. Puis le silence tomba dans le jardin parcouru d'ondes mourantes et, après l'extinction du dernier écho, on entendit de nouveau bourdonner les abeilles dans la glycine en fleurs.

« Quelle heure est-il, Papa Kostas ?

– Dix heures trente. L'heure du quatrième office. Je vais devoir te quitter. »

Il souleva délicatement l'oisillon dans ses mains brunes criblées de taches de soleil et le tendit à Yannis en ajoutant :

1. Carillon qui annonce une prière, un office.

« Tiens ! Replace-le dans son couffin. C'est un très bel animal. Que lui donnes-tu à manger ?

– Du poisson séché trempé dans du lait de chèvre…

– C'est bien. Les pélicans sont piscivores[1]. Tâche simplement de lui donner du poisson frais plutôt que du sec. Et évite le lait, dorénavant. »

Le vieux prêtre se leva et brossa méticuleusement le bas de son habit monastique.

« Je te quitte, reprit-il. Tu peux rester un moment dans le jardin, si tu veux.

– J'aimerais beaucoup, Papa Kostas. Mais il faut que je rentre cacher Nicostratos avant le retour de mon père.

– Tu as baptisé ton oiseau Nicostratos ?! s'étonna le saint homme. Comme c'est charmant ! Sais-tu que dans les dialogues de Platon[2], il est question d'un Nicostratos ? Ελλοι τοινθν οθτοι, ων οι αδελφοι εν ταθτη τη διατριδη γεγονασιν, ΝικοστρατοΩ Θεοζοτιδοθ, αδελφοΩ Θεοδοτοθ.[3]

– Je l'ignorais. Mais je suis heureux de l'apprendre. Je reviendrai vous voir jeudi, pour la leçon de lecture. À bientôt, Papa Kostas. »

Il s'inclina avec respect devant le vieillard et posa ses lèvres sur le rubis de la bague sacerdotale. Puis il s'éloigna sous les arcades de la galerie en tenant son couffin dans ses bras.

Il redescendit la colline au pas de gymnastique, en repensant à

1. Qui se nourrit de poissons.
2. Philosophe grec (428-348 avant J. C.). Il fut le disciple de Socrate et fonda l'Académie, une école de philosophie. Ses écrits prennent souvent la forme de dialogues, de discussions.
3. « D'autres encore que voici et dont les frères m'ont fréquenté, Nicostratos, fils de Théozotidès et frère de Théodote… »

ce que lui avait dit le prêtre à propos de l'oiseau. C'était vraiment incroyable de songer qu'un jour ce brimborion[1] palmé le dépasserait en taille ! La nature avait de ces fantaisies ! Tout en trottant, il entrouvrit le couffin et jeta un regard au petit pélican, qui s'était rendormi et balançait doucement sa tête chauve sans paraître se douter de ce qui l'attendait.

« Attends un peu, pour grandir ! lui dit-il. Retiens-toi jusqu'à la maison. »

Nicostratos ouvrit un œil et regarda mollement son jeune maître, qui s'empressa d'ajouter :

« Je plaisante, naturellement. »

Quand il arriva à la lisière du maquis surplombant la maison, il aperçut au loin un point sombre sur la mer. C'était le caïque de Démosthène.

« Cette fois, je le loupe ! s'écria-t-il en doublant le pas et en sautant par-dessus des touffes de sauge. »

Il courut vers la maison et y entra en trombe pour cacher l'oiseau. Après l'avoir installé dans la cage d'osier, il lui recommanda d'être sage et de ne pas trop grandir en son absence. Puis il partit à toutes jambes vers le bois de citronniers.

Le caïque paternel était sur le point d'accoster quand Yannis se présenta sur le débarcadère. Démosthène semblait très mécontent.

« Où étais-tu ? lui demanda-t-il d'un ton peu amène en lui jetant les amarres. Un peu plus, et je devais me débrouiller tout seul !

1. Créature de petite taille.

– Je suis monté boire un verre d'eau. J'avais soif.

– Tu es trempé de sueur. C'est de monter à la maison et de redescendre, qui t'a mis dans cet état ? »

Yannis noua les cordages aux anneaux tout en méditant sa réplique.

« Je vous ai aperçu de là-haut, dit-il enfin. Alors j'ai couru.

– Aide-moi à décharger la barque. Ça a bien marché, ce matin. J'ai fait quatre gros rougets et un skorpios, en plus des sardines… »

Il lui passa quelques caisses vides et ajouta :

« Tu trouveras deux petits poulpes dans la caisse du bas. J'aimerais que tu les battes avant midi. On les mangera avec du riz à la tomate et des tranches de fromage. Tu aimes toujours ça, le poulpe au riz ?

– Oui, père. Beaucoup ! »

Le jeune garçon empila les caisses vides sur le ponton et sauta dans le caïque pour ranger les filets. Il avait l'habitude de ce travail et, en quelques minutes, ceux-ci furent ordonnés dans une caisse en bois. Comme il s'apprêtait à quitter l'embarcation avec son chargement, il sentit tout à coup frétiller quelque chose entre ses pieds nus. Il se pencha et aperçut un petit poisson bleu qui se tortillait dans une flaque au fond du bateau. Ce rescapé tombait à point nommé pour améliorer l'ordinaire de Nicostratos ! Il le fourra discrètement dans sa poche avant de remonter sur le débarcadère. Puis il devança Démosthène et s'éloigna en direction du bois de citronniers. Hélas, il n'avait pas fait dix pas que le poisson ressuscité bondissait de sa poche sous les yeux du pêcheur stupéfait.

« Tu as perdu quelque chose, Yannis ! s'écria aussitôt ce dernier. »

Le jeune garçon se retourna et aperçut le petit poisson bleu qui frétillait au soleil sur une touffe de thym. Il eut la présence d'esprit de hausser les sourcils et de le regarder d'un air étonné, comme s'il le voyait pour la première fois.

« Tu mets des poissons vivants dans tes poches, maintenant ? reprit Démosthène. Qu'est-ce qui te prend ? Tu perds la tête ?

– Il n'est pas à moi, ce poisson ! protesta Yannis. Il a dû tomber d'une caisse !

– Je l'ai vu sortir de ta poche. Pourquoi mens-tu ? C'est grotesque, de mentir à propos d'un poisson.

– Mais je vous jure bien que je ne mens pas ! Je n'ai pas mis de poisson dans ma poche ! Et d'abord, que voulez-vous que je fasse d'un poisson ? Pas le manger, quand même ! J'en mange tous les jours !...

– C'est bon. J'ai compris. Mettons que ce poisson soit tombé d'une caisse et que j'aie mal vu. En route. Tu as encore les poulpes à battre. »

Le repas fut sinistre. Démosthène mangea en silence une grosse part de poulpe au riz fortement pimentée, cependant que Yannis bêchait son assiette d'un air boudeur. Dehors, les abeilles bourdonnaient dans le chèvrefeuille et on entendait le bruit lancinant du ressac[1] baignant les caps rocheux. Comme Yannis prenait une troisième tranche de pain dans la corbeille, Démosthène s'emporta :

« Cesse de te bourrer de pain ! Mange ton poulpe au riz ! Qu'est-ce qui te prend de bouder ton assiette ? Ce n'est pas bon, ce que j'ai préparé ?

– C'est trop pimenté. Ça pique la bouche…

1. Mouvement des vagues.

– Le poulpe se mange pimenté ! C'est comme ça ! Si ça ne te convient pas, tu peux quitter la table. J'aurais dû te préparer le petit poisson que tu avais dans la poche. C'est sans doute ça que tu aurais aimé manger ! »

L'allusion était claire.

Démosthène avait ce poisson sauteur en travers de la gorge.

Yannis sortit dignement dans le jardin. Il alla caresser sa chèvre, qui lui lécha les joues et lui flaira les poches à la recherche d'un croûton.

« Je n'ai rien pour toi, ma pauvre ! J'ai déjà mis un poisson dans ma poche tout à l'heure et ça a fait toute une histoire. Si le barbu m'avait surpris en train de voler un quignon, il m'aurait battu ! »

C'était là une exagération, car, en vérité, Démosthène gardait toujours suffisamment de maîtrise pour ne pas en venir aux coups. Mais Yannis aimait à grossir le trait de temps à autre et à jouer un peu la comédie du malheur. Surtout auprès d'Ivridichi, qui était très bon public.

« En tout cas, reprit-il, il n'a pas digéré mon mensonge. Ça promet pour la suite ! Quand il saura que j'ai donné ma croix d'or et que j'héberge un oiseau géant, il m'emmènera au large dans son caïque et il me jettera à la mer. »

Ivridichi ouvrit tout grand ses yeux noirs et bêla à fendre l'âme, comme si une pareille perspective la désolait.

« Ne t'inquiète pas, va ! J'exagère un peu. J'en serai quitte pour une bonne trempe et voilà tout ! »

Il gratta tendrement la barbe de son amie et lui tira les cornes avant de s'éloigner vers la remise.

Démosthène passa une partie de l'après-midi couché sous son triporteur[1] à essence qui refusait de démarrer. Il vérifia la bougie et démonta le carburateur dont il dispersa malencontreusement les pièces dans le sable. Yannis, qui réparait ses filets sur le ponton en contrebas du bois de citronniers, perçut l'écho affaibli de plusieurs jurons fort grossiers et il se félicita de n'être pas dans les parages paternels.

Enfin, aux environs de cinq heures, une joyeuse pétarade couvrit tout à coup les crissements des cigales et Démosthène recouvra une meilleure humeur. Il descendit à pied dire à son fils qu'il partait faire une course sur le port. Puis il remonta enfourcher son engin et s'éloigna en brinquebalant sur la route de Vathy.

Dès qu'il fut parti, Yannis courut libérer son oiseau.

« Debout, là-dedans ! s'écria-t-il joyeusement en entrant dans la chambre. C'est l'heure de la promenade ! »

Mais Nicostratos entendait prolonger sa sieste et refusa tout net de sortir de la nasse. Yannis essaya de l'en extraire de force et reçut une grêle de coups de bec sur les poignets. C'est qu'il n'était pas commode, l'animal, quand on le contrariait !

« Veux-tu bien cesser de faire la mauvaise tête ! Je t'emmène prendre l'air. Tu la retrouveras, ta corbeille ! »

Il parvint à attirer l'oiseau dehors avec un morceau de poisson séché et il l'emmena vers la plage, où il l'installa sur le ponton en lui recommandant la prudence. Nicostratos se tint tranquille

1. Vélo dont les deux roues avant supportent une malle de transport.

quelques minutes, puis sauta tout à coup à la mer en agitant ses moignons d'ailes, comme s'il espérait s'envoler.

« C'est plus fort que toi, hein ? Il faut que tu te foutes à l'eau ! »

Le petit pélican, ballotté par les vagues, erra un moment entre les piliers de bois du débarcadère. Il plongeait sans cesse le bec sous l'eau pour tenter d'attraper des poissons, car il avait très faim. Yannis remonta chercher sa canne et quelques boulettes de mie de pain. Puis il redescendit à petites foulées à travers le bois.

Quand il reparut sur le ponton, il trouva Nicostratos empêtré dans les mailles d'un filet qu'il avait eu le tort de laisser pendre sur l'eau. Le petit volatile furibard se débattait en agitant ses grosses pattes et en soufflant par le bec, selon son habitude. Une bonne moitié du filet lui était déjà tombée sur la tête et il se démenait si fort que le reste n'allait pas tarder à suivre le même chemin. Yannis le tira de ce mauvais pas et lui montra les mies de pain en disant :

« J'appâte avec ça. Ça mord du tonnerre ! Les poissons d'ici sont habitués aux mies. »

Il pêcha sans la moindre difficulté plusieurs petits poissons bleus que Nicostratos ingurgita[1] au fur et à mesure avec des grognements de joie.

Tous deux jouèrent ensuite un moment avec un flotteur de liège que l'oisillon pourchassa d'un bout à l'autre du débarcadère.

« Bon, dit enfin le garçon. Il faudrait peut-être qu'on songe à rentrer, maintenant. Mon père ne va plus tarder, tu sais. »

---

1. Avala.

Nicostratos parut comprendre ces paroles, car il vint se nicher de lui-même entre les bras de Yannis, qui l'emporta vers la maison.

Démosthène avait acheté de quoi curer et désinfecter la citerne, qui dégageait depuis quelque temps de méphitiques exhalaisons[1]. Il fallut se mettre à ce travail et racler les parois moussues d'où jaillissaient des cohortes[2] de têtards. C'était peu ragoûtant en vérité, mais Yannis s'efforça de penser à Nicostratos, si bien qu'il ne vit pas le temps passer. Il dut ensuite traire Ivridichi, puis aider son père à cueillir les légumes au jardin. Le lendemain, mercredi, était en effet jour de marché à Vathy. Le pêcheur parut satisfait de ses tomates. En toute modestie, elles étaient superbes. Il pronostiqua que les gens se battraient pour les lui acheter.

Il sortit prendre un ouzo après le dîner et, naturellement, Yannis en profita pour jouer un peu avec son oiseau. Dehors, la nuit tombait et une lumière rasante vernissait de cire rouge les feuilles bruissantes des citronniers. Quelques pâles étoiles clignotaient dans le ciel bleuissant. Le petit pélican était fort intrigué par la lampe à pétrole que son maître avait posée par terre sur la natte de corde. Il s'en approchait sans cesse et la regardait sous tous les angles avec des expressions d'effarement si comiques que Yannis ne pouvait s'empêcher d'éclater de rire. Quand le jeune garçon fit jouer la molette qui réglait la hauteur de flamme, le petit volatile se mit à déplier et replier son cou au rythme des oscillations lumineuses. Il imitait spontanément ce qu'il voyait ! Yannis songea qu'il serait sans doute facile de lui apprendre des tours. Il prit délicatement l'oi-

1. Vapeurs toxiques et malodorantes.
2. Colonnes.

sillon dans ses mains et alla s'installer avec lui sur le lit en bois d'olivier. Comme c'était agréable, d'être enfin couché! Nicostratos se pelotonna sur le ventre de son jeune maître, qui bâilla et murmura :

« Il ne faut pas que je m'endorme. La lampe est allumée... »

L'instant d'après, il dormait d'un profond sommeil.

Le lendemain matin, la faim réveilla Nicostratos de bonne heure. Il s'ébroua[1] sur le ventre de Yannis et fit bouffer son duvet avant de se précipiter pataudement dans la cuisine. Une alléchante odeur de poisson tombait du garde-manger grillagé pendu au plafond. Mais comment faire pour atteindre le précieux mets ? C'était toute la question. Il commença par battre des ailes en sautillant sur place, dans l'espoir de s'envoler. Puis il tenta de grimper sur une chaise en s'aidant de son long bec et de ses pattes griffues. Enfin, il se mit à danser sous la cage comme un Indien afin de faire pleuvoir la manne[2]. Aucune de ces solutions n'ayant montré de réelle efficacité, il se rabattit sur la poubelle, dont il éparpilla rageusement le contenu sous la table. C'était un acte de vandalisme pur et simple, mais Yannis n'avait-il pas le toupet de dormir pendant qu'il mourait de faim ? Il revint trouver le jeune garçon dans la chambre et s'efforça de grimper sur le lit pour le réveiller. Mais c'était encore plus difficile que d'atteindre la cage! Il se mit à japper avec colère en hérissant sa huppe. Puis il pinça les orteils du dormeur, qui ouvrit enfin les yeux en s'écriant :

« Mon Dieu, la lampe! »

---

1. Se secoua.
2. Nourriture providentielle.

Fort heureusement, celle-ci s'était éteinte d'elle-même par manque de combustible, peu après qu'il se fût endormi.

« Elle était vide ! On a eu du pot ! On aurait pu griller comme des saucisses ! »

Il se leva d'un bond et alla ouvrir le volet. Ivridichi accourut aussitôt pour la caresse du matin. Il la câlina longuement en lui expliquant qu'elle était une bonne chèvre, mais qu'il n'aurait pas le temps de la traire aujourd'hui à cause du marché.

Après quoi il se rendit à la cuisine où il eut la désagréable surprise de marcher pieds nus dans les épluchures que Nicostratos avait répandues partout. Il alla attraper le petit vandale[1] dans la chambre et il lui mit le bec dans la mouture de café et les pépins d'aubergine en disant :

« Je ne veux plus jamais trouver une chose pareille dans la cuisine en me levant, compris ? »

Jugeant que l'admonestation[2] avait porté, il déposa l'oiseau par terre et se mit à genoux pour regrouper les détritus qu'il jeta dans la poubelle.

« Ce matin, tu auras du poisson séché. Je n'ai pas le temps d'aller t'en pêcher du frais. Je dois faire le marché. »

Il émietta un filet de sardine dans un peu d'eau et présenta cette collation à Nicostratos, qui l'avala gloutonnement. Puis il remit l'oisillon dans la nasse et retourna grignoter quelque chose dans la cuisine. Après quoi il sortit dans le jardin. Le triporteur attendait devant la porte, chargé de tomates et d'oignons. Il ouvrit le robi-

1. Saccageur.
2. Avertissement.

net d'essence, actionna le démarreur à pied et s'éloigna sur la route en éparpillant derrière lui des volutes[1] de fumée bleue.

Démosthène s'était un peu avancé en pronostiquant que les gens se battraient pour acheter ses légumes. Il n'y eut pas la moindre émeute sur le port et Yannis dut même se résoudre à brader un reliquat de tomates avant de plier boutique. Il rentra à faible allure en cahotant sur les nids de poule de la route côtière et s'arrêta au carrefour de Pélikata pour charger Ivridichi qui était venue à sa rencontre.

Quand il arriva à la maison, il constata avec surprise que Démosthène n'était pas encore rentré. Sans doute avait-il fait un crochet par Polis, au nord de l'île, afin d'y faire le plein de gasoil. En tout cas, ce retard l'arrangeait bigrement, car il allait avoir le temps de pêcher le déjeuner de Nicostratos. Il se frotta les mains et courut chercher sa canne. En quelques minutes, il tira de l'eau une dizaine de petits poissons qu'il porta à son oiseau. Il les lui donna l'un après l'autre, en le faisant un peu languir pour qu'il s'aguerrisse. Puis il joua un moment avec lui avant de le cacher sous son pupitre dans la nasse d'osier.

Le lendemain, après le déjeuner, il monta prendre sa leçon au monastère de Prévéli. Papa Kostas lui fit déchiffrer plusieurs passages de l'*Encheiridion* de Nicodème l'Hagiorite[2], auxquels le jeune garçon eut le regret de constater qu'il ne comprenait absolument rien. Il lui conta ensuite d'une voix attendrie l'histoire d'une chèvre

---

1. Tourbillons.
2. Manuel de doctrine spirituelle écrit par ce moine érudit (1748-1809) du mont Athos.

un peu simplette qui se laissait mourir de faim et de soif entre un seau d'eau et un picotin[1] d'avoine. Yannis pensa que l'auteur de cette fable – un certain Babrios de Nazianze[2] – n'avait sans doute jamais vu une chèvre de sa vie et qu'une semaine en compagnie d'Ivridichi l'éclairerait sur bien des points. Après la leçon, le maître et son jeune élève descendirent faire une petite promenade dans le jardin du cloître. Yannis peignit avec enthousiasme les progrès de Nicostratos et Papa Kostas compara les oiseaux et les idées en une parabole[3] un peu hermétique[4] qui eut cependant le mérite de couper la chique au jeune bavard.

Au retour, Yannis fit un crochet par la plage afin de pêcher le dîner de son petit protégé. Quatre belles sardines frétillantes que le goulu avala à la queue leu leu. C'était vraiment un merveilleux animal ! Il digérait les arêtes et ne faisait jamais ses besoins ailleurs que dans la caisse à sable prévue à cet effet.

L'été passa. Nicostratos grandissait à vue d'œil dans la chambre de Yannis, gagnant chaque jour en force et en beauté. Tous les matins, il accompagnait son maître au débarcadère et plongeait dans l'eau pour pêcher lui-même son petit déjeuner. Puis il folâtrait un moment sur la plage en inspectant des paquets d'algues et en se querellant avec les mouettes. Après quoi, il se baignait longuement sous la surveillance du jeune garçon, qui lui avait appris à ne plus trop s'éloigner du rivage.

---

1. Une mesure.
2. Babrios (Grégoire) de Nazianze (vers 330-390) : docteur de l'Église, évêque de Nazianze, auteur de discours remarquables.
3. Récit dans lequel se trouve un enseignement exprimé sous la forme d'une comparaison.
4. Au contenu mystérieux, obscur.

Démosthène ne se doutait de rien. Il faut dire que Nicostratos était d'une discrétion exemplaire. L'idée ne lui serait jamais venue de japper dans la chambre ni d'en sortir sans l'autorisation de son maître. C'était un oiseau raisonnable et qui avait beaucoup de jugeote. Cependant, Yannis tremblait à l'idée de ce que son père dirait si d'aventure il finissait par découvrir son existence. Ou pire : s'il remarquait la disparition de la croix d'or !

Certaines nuits, il lui arrivait de rêver qu'il se promenait torse nu sur le port de Vathy, sa croix de bois au cou et qu'il croisait le capitaine du *Sténi Pappadès* richement vêtu à la mode orientale et portant la croix d'or en sautoir sur son tarbouch[1]. Le jeune garçon lui offrait aussitôt une lessiveuse pleine de drachmes en échange du bijou. Mais le nabab[2] éclatait de rire, puis se volatilisait dans un pet de soufre à la manière de Méphisto[3]. Yannis se réveillait en sursaut et allumait la lampe pour vérifier que la croix d'or était bien à son cou. Il trouvait sous ses doigts la croix de bois et réalisait sa méprise. Il sombrait alors dans un désespoir sans nom.

Un jour, il crut vraiment que Démosthène allait tout découvrir. C'était un mercredi, jour de marché. Il avait passé la soirée de la veille à jouer avec son oiseau et s'était endormi tout habillé, comme cela lui arrivait parfois. Le lendemain matin, il était parti pour Vathy dans ses vêtements froissés, sans même prendre le temps de se peigner. Démosthène était venu le voir sur le port pour s'enquérir de la bonne marche des affaires et il avait été si stupéfait de le trou-

1. Coiffe masculine de feutre rouge en forme de cône et ornée d'un gland.
2. Homme riche.
3. Un des noms du diable.

ver dépenaillé[1] derrière son étal de tomates qu'il s'était écrié, au comble de la colère :

« Tu as vu à quoi tu ressembles ? On dirait un clochard qui a dormi tout habillé ! Tu me fais honte ! Ôte ce maillot immédiatement ! Je préfère encore te voir torse nu que dans ces haillons ! »

Yannis avait refusé d'obéir et il s'était mis à trembler comme une feuille sous le coup de l'émotion. Une grosse dame qui vendait des concombres à l'étal voisin avait aussitôt pris sa défense, s'indignant à haute voix de la façon dont on maltraitait un enfant qui avait déjà suffisamment de mal comme ça à écouler de vilaines tomates piquées de tavelures[2] noires et des oignons pourris ! Démosthène, qui n'aimait pas beaucoup qu'on se permette de critiquer ses légumes, avait prié cette « grosse volaille » de s'occuper de ses concombres, allant même jusqu'à lui suggérer d'en user autrement qu'en salade pour se distraire. Puis tout s'était finalement arrangé. Mais Yannis avait flageolé sur ses jambes, tout le reste de la matinée, et il avait dû prendre coup sur coup deux petits verres de liqueur de citron au kafénion[3] Boustraki pour se requinquer.

Au commencement de l'automne, Nicostratos se mit à perdre des touffes de duvet et les premières plumes blanches firent leur apparition. Il en conçut une certaine fierté et passa, dès lors, le plus clair de son temps à battre des ailes pour montrer combien il était beau. Ces démonstrations bruyantes intriguaient Ivridichi, qui se demandait si cet énergumène finirait par décoller un jour. Elle par-

1. Mal habillé.
2. Taches.
3. Café.

tait de plus en plus souvent brouter seule dans la colline, loin du pélican fou.

Le soir, Nicostratos reprenait ses exercices dans la petite chambre et il soulevait de grosses volutes de poussière, à la consternation de Yannis qui éternuait en sourdine dans son oreiller.

Vers la fin du mois d'octobre, il mesurait un mètre de haut et pesait huit kilos. Il était devenu un superbe jeune pélican blanc aux fortes pattes palmées rose pâle et au grand bec jaune citron. Son cou très long s'ornait d'une poche merveilleusement élastique dont il usait avec adresse pour pêcher ses repas. Les mouettes ne lui cherchaient plus querelle désormais et Ivridichi elle-même lui témoignait une certaine considération. Yannis le regardait croître et embellir avec un mélange de fierté et d'inquiétude. Il se disait qu'il ne pourrait plus continuer longtemps de cacher ce jeune géant dans sa chambre. Pourtant, il ne pouvait se résoudre à prendre la décision de se priver de sa présence. Si bien qu'il vivait dans un état de tension nerveuse permanent, comme ces résistants français contraints d'héberger un officier allemand au premier étage de leur maison tandis que, dans le même temps, ils cachaient un parachutiste anglais dans la cave.

Les premiers vents froids se mirent à souffler à la Saint-Spiridon[1], et Euthymie Doulichion fit cuire dans le four de sa cuisinière à bois plusieurs petites brioches tressées en forme de couronnes, où elle nicha des œufs teints en rouge appelés « kokkina avga ». Puis on vit

1. Il est fêté le 31 octobre.

un groupe de jeunes gens intrépides plonger dans la mer à la recherche d'une croix jetée par Papa Kostas. C'était la coutume dite de « purification des eaux », qui donnait invariablement au médecin de Céphalonie l'occasion de venir en canot à moteur rendre visite aux habitants de l'île.

Yannis, qui avait horreur des amusements collectifs et du rhume de cerveau, refusa de prendre part à cette cérémonie. Il regarda néanmoins plonger les candidats et applaudit Costas Cocossis quand ce dernier creva la surface en brandissant la croix. Mais il refusa de se joindre à la foule de ceux qui, un moment plus tard et selon l'usage, se saisissaient du vainqueur pour le précipiter tout habillé dans l'eau.

Nicostratos sortit fort peu durant l'hiver. Le paysage était devenu méconnaissable. Une chape de nuages gris pesait sur la mer froide qui était couleur d'émeraude et n'incitait plus guère à la baignade. Les citronniers avaient perdu leur parfum. La plage triste soupirait parfois sous le crible d'une pluie fine, au bruit du meltem[1] soufflant sur les maquis défeuillés. Tout cela était d'un ennui mortel et le ponton de bois lui-même avait l'air désolé. Le matin, en se levant, Yannis trouvait des fleurs de coton dans la bouteille d'huile d'olive. Il allumait du feu dans la cheminée et Nicostratos venait se coucher dans un grand panier garni de nippes où il dormait au chaud toute la journée. C'était bien triste de le voir ainsi en proie à l'asthénie[2]. Il ne voulait plus jamais accompagner son maître sur le

1. Vent du nord.
2. Absence de force.

ponton et répugnait même à sortir pêcher. La nuit, il claquait tristement du bec avec un bruit de castagnettes ou se grattait le cou à grand bruit avec ses grosses pattes palmées. Fort heureusement, Démosthène avait le sommeil lourd. Mais Yannis tremblait à l'idée de ce qui arriverait si son oiseau s'oubliait ainsi aux heures des repas.

En désespoir de cause, il alla consulter Papa Kostas. Ce dernier le rassura en lui expliquant que Nicostratos souffrait probablement d'une petite crise de neurasthénie causée par la rudesse du climat. Le pélican était en effet un oiseau migrateur qui détestait le froid et gagnait ordinairement les côtes de l'Égypte ou de l'Inde dès le début de l'hiver. Il fallait simplement insister pour qu'il s'alimente et pour qu'il prenne l'air deux heures par jour au moins.

Le jeune garçon prit donc l'habitude de promener Nicostratos chaque matin sur la plage. Les premiers temps, le mélancolique volatile se contenta de suivre son maître en traînant l'aile et en se dandinant tristement d'une patte sur l'autre, comme le poète Lamartine au bord du lac du Bourget[1]. Il refusait de rapporter les bâtons que Yannis lançait dans la mer et, quand ce dernier lui attrapait les palmes pour le faire trébucher, il se mettait en colère et claquait du bec d'un air mécontent.

Cependant, au fil des semaines, il prit goût aux jeux que lui imposait le garçon et tout rentra dans l'ordre. Il se remit à pêcher lui-même son poisson et on le vit bientôt poursuivre Yannis sur la plage en battant des ailes et en claquant du bec, les yeux injectés

1. À l'automne 1816, Lamartine tombe amoureux d'une jeune femme tuberculeuse, qui meurt. Le lac a été le témoin de cet amour naissant et, dans le poème, Lamartine demande à celui-ci d'en garder le souvenir.

de sang et la huppe hérissée, par jeu naturellement. Parfois, dans l'enthousiasme d'une poursuite, il décollait et planait sur quelques mètres. Yannis l'applaudissait alors longuement, ce qui le remplissait de confusion. Mais le plus drôle, c'était lorsqu'il faisait le porteur d'eau et qu'il courait sur la plage en se dandinant, les ailes relevées et pliées à angle droit comme deux bras. Il prenait alors une expression si égarée et si bouffonne que le jeune garçon se roulait sur le sable en étouffant de rire.

Le printemps ramena la tiédeur dans l'île et Papa Kostas reprit ses habitudes de lecture dans le jardin du cloître, sous les glycines constellées de gouttes mauves. En quelques semaines, les collines se couvrirent d'iris et de pervenches sauvages. Nicostratos avait beaucoup forci durant l'hiver. Il mesurait maintenant un mètre quarante et, quand il n'oubliait pas de se tenir droit, il était aussi grand que Yannis. C'était un jeune oiseau plein de santé et de malice qui suivait son maître partout comme un chien.

Les journées à Pélikata se déroulaient toujours plus ou moins de la même façon. De grand matin, le pélican quittait son panier et venait mordiller les oreilles du garçon pour se faire ouvrir la porte. Il descendait au ponton en claquant du bec, les ailes relevées dans la posture dite du porteur d'eau, et il se jetait à la mer pour y prendre son petit déjeuner. Un moment plus tard, Yannis paraissait à la lisière du bois de citronniers, hébété de sommeil et les boucles en bataille. Il plongeait à son tour dans la mer Ionienne pour se réveiller et faire sa toilette. Les deux compères nageaient avec délice le long des caps rocheux, en s'éclaboussant et en se livrant à mille facéties. Puis ils gagnaient la rive et poursuivaient leurs jeux sur la plage.

Enfin, vers dix heures, le jeune filetier se mettait au travail. Nicostratos, délaissé, grimpait sur le ponton pour lui voler son couteau ou sa bobine de fil et n'avait de cesse que le garçon lâche son ouvrage pour se lancer à ses trousses, ce qui se produisait la plupart du temps.

Cette vie idyllique[1] semblait devoir durer toujours. Et d'ailleurs, le soir du samedi saint, Yannis était parvenu à rapporter intacte à Pélikata la bougie allumée au cierge de Papa Kostas, ce qui constituait un excellent présage. Il avait tracé la croix rituelle dans l'embrasure de la porte avec la pointe de la flamme et il s'était signé à la mode orthodoxe avant de prier longuement pour son oiseau.

1. Parfaitement heureuse.

2

Un matin du mois de mai, Démosthène, qui naviguait à faible allure au large de la baie de Pélikata, eut la désagréable surprise d'entendre le moteur du caïque toussoter puis s'éteindre. Il était environ trois heures du matin et les étoiles scintillaient sur l'onde noire que ridaient les crêtes blanches des vagues. Comme il avait fait le plein l'avant-veille et vérifié lui-même les injecteurs, cette panne l'étonna beaucoup. Après les vérifications d'usage, il alla ouvrir le réservoir et y braqua sa lampe-torche. Une sorte de grosse méduse pâle flottait dans le gasoil, bouchant la tubulure d'admission : il avait attrapé des bactéries ! Le seul remède connu à cette infortune était de siphonner le contenu du réservoir et de rincer ce dernier avec soin avant de procéder à un nouveau remplissage, opération délicate nécessitant un quai et du matériel.

La pêche était fichue. Et il n'était pas question de regagner la côte à la voile pour le moment, car le vent faisait totalement défaut. Démosthène haussa les épaules et rentra se préparer un café grec dans l'habitacle. Le briki[1] de cuivre ne tarda pas à chanter sur le réchaud à acétylène. Il but son café à petites gorgées, en le complétant de raki au fur et à mesure. Puis il ressortit monter la voilure d'appoint. Après quoi, il s'installa sur le pont pour admirer les phosphorescences verdâtres des noctiluques[2] tourbillonnant autour du bateau.

---

1. Récipient dans lequel on prépare le café grec.
2. Organismes unicellulaires lumineux.

Une légère brise se leva avec l'aube, deux heures plus tard, et il put enfin mettre le cap vers la maison.

Comme il pénétrait dans la baie de Pélikata, il lâcha tout à coup les écoutes de voile et se dressa dans le caïque, complètement ébahi : il venait d'apercevoir son fils Yannis fuyant sur la plage à toutes jambes, poursuivi par un oiseau géant ! Il courut prendre ses jumelles dans la cabine et ajusta l'objectif. Horreur ! L'oiseau avait rattrapé l'enfant et s'était abattu sur lui en l'enveloppant de ses ailes ! La vie du cher petit semblait menacée ! Il mit ses mains en porte-voix sur sa barbe et hurla pour effrayer le monstre. Puis il reprit les écoutes et borda la voile, en priant Dieu d'assister son enfant jusqu'à ce qu'il accoste.

La brise d'ouest était bien faible et le caïque progressait avec une horripilante[1] lenteur. Le pêcheur n'osait plus regarder en direction de la plage. Quand il s'y résolut enfin, il eut la stupéfaction de constater que Yannis s'était redressé et qu'il étreignait tendrement le grand oiseau blanc. Tout ça n'était qu'un jeu. L'enfant et le monstre étaient bons amis ! Pour le coup, il ôta sa casquette et se gratta pensivement les cheveux. Puis il attrapa la bouteille de raki et but une lampée au goulot pour se préparer au petit entretien qu'il comptait avoir avec l'oiseleur cachottier.

Yannis était si absorbé dans sa partie de lutte avec Nicostratos qu'il ne vit pas approcher le caïque. Quand il tourna les yeux vers le ponton, il était trop tard : son père accostait.

« File ! chuchota-t-il à l'oiseau. Va te cacher dans la maison ! »

---

1. Énervante.

Il accompagna cet ordre d'un claquement de langue, car le pélican était dressé à battre en retraite à ce signal.

Puis il s'avança d'un air penaud vers le débarcadère, en se disant que le moment était venu de tout avouer.

Démosthène avait sa tête des mauvais jours et, rien qu'à voir comment il tortillait les amarres autour des anneaux, on devinait que ça allait barder. Sans même prendre le soin d'affaler[1] la voile, il sauta dans le sable et se campa sur ses jambes en demandant :

« Il est à toi, ce pélican ?

– Oui.

– Où l'as-tu eu ?

– C'est le capitaine du *Sténi Pappadès* qui me l'a donné.

– Le capitaine du *Sténi Pappadès* ? ! Le petit noiraud chez qui je t'avais envoyé porter le raki l'an dernier ? Tu te fous de moi ?

– Non, père. J'ai ramené l'oiseau dans le couffin et je l'ai caché dans ma chambre. Il était tout petit, à l'époque.

– Et depuis tout ce temps, il vit dans ta chambre ? »

Yannis baissa les yeux et contempla un petit crabe qui était en train de filer de biais vers la mer. Il ne trouvait rien à répondre et un terrible sentiment de honte l'accablait.

« Oui, dit-il enfin.

– Et il n'en sort jamais ?

– Si. Quand vous n'êtes pas là. »

Démosthène ôta sa casquette et se passa plusieurs fois de suite la main dans les cheveux.

1. Descendre.

« Alors ça, dit-il simplement, je n'arrive pas à le croire ! Vraiment, je n'arrive pas à le croire !... »

Il regarda Yannis, qui n'osait plus relever les yeux, et ajouta sur un ton soupçonneux :

« Mais, dis-moi, comment ça se fait qu'il t'ait donné cet oiseau, le capitaine du *Sténi Pappadès* ? Il n'avait pas trop une gueule à faire des cadeaux, celui-là ! »

Le jeune garçon redoutait cette question. Il se sentit pâlir et aspira une bouffée d'air.

« Je… Je le lui ai échangé contre quelque chose… bredouilla-t-il.

– Ah bon ? Quoi ?

– Ma croix d'or », articula-t-il dans un souffle.

Il y eut un instant de complet silence. Puis la colère hérissa tout à coup la barbe de Démosthène, qui se mit à gronder :

« Ne me dis pas que tu as donné la croix de ta mère contre un pélican ! Ne me dis pas ça, Yannis !

– Je l'ai donnée. Je suis désolé.

– Mais, nom de Dieu ! Ce n'est pas possible ! Et ce que tu as sous ton maillot, c'est quoi, alors ? »

D'un geste, il déchira le léger vêtement de coton. À la vue de la croix de bois, il se figea, bouche bée. Puis il serra les poings et demanda :

« Où est-il ?

– Qui ça ?

– L'oiseau ! Où est-il parti ?

– Dans ma chambre. Il a un panier sous le pupitre. »

Le pêcheur tourna les talons et s'éloigna aussitôt vers le bois de citronniers.

« Ne lui faites pas de mal ! s'écria Yannis en lui emboîtant le pas. Il n'est pour rien dans tout ça ! Tout est ma faute ! »

Démosthène entra dans la chambre comme une furie et fila droit vers le pupitre, qu'il attrapa par un pied et qu'il envoya voler à travers la pièce. Il y eut un bruit affreux quand ce projectile dégringola sur la petite table de nuit en bois d'olivier. Nicostratos, découvert, se redressa aussitôt de toute sa hauteur et allongea le cou en hérissant sa huppe et en se dandinant d'une patte sur l'autre, comme il faisait toujours lorsqu'il avait peur. Démosthène regarda avec stupéfaction ce formidable animal aux iris rouges, au gros bec jaune, aux palmes griffues, qui le fixait en grognant comme un chien qui s'apprête à mordre. Il n'avait jamais vu pareil spécimen de pélican.

« Prenez garde, s'écria Yannis. Vous lui faites peur. Il risque de devenir méchant. »

Le jeune garçon n'avait pas plus tôt prononcé ces paroles que Nicostratos, effrayé, détendit le cou pour frapper Démosthène en plein milieu du front avec son énorme bec.

Le robuste pêcheur chancela sous le choc et recula d'un pas en portant ses deux mains à son visage. Il sentit sourdre un liquide chaud entre ses doigts. C'était du sang.

Fou de rage, il s'avança vers l'oiseau en tendant les bras pour le saisir à la gorge. Mais ce dernier riposta par un second coup de bec qui manqua de lui emporter l'oreille. Alors, il prit un drap sur le lit et, avec une habileté de rétiaire[1], il l'étendit sur son adversaire

1. Personne qui manie un filet.

qui se trouva instantanément emmailloté comme une momie. Il n'eut plus qu'à l'attraper à bras le corps et à le jeter dans le jardin.

« Fous-moi le camp, saloperie ! lui cria-t-il. Et que je ne te revoie plus jamais à Pélikata ! »

Nicostratos fit la cuplette[1] dans les plants de tomates et se redressa, ivre de colère, les yeux injectés de sang. Il écarta ses ailes et se mit à fouetter l'air avec vigueur pour impressionner le pêcheur, qui, au lieu de reculer, s'avança en serrant les poings.

« Va ! ordonna alors Yannis en s'interposant entre eux. Va, Nicostratos ! »

Cette fois, le grand oiseau comprit qu'il fallait obéir. Il replia ses ailes et baissa piteusement le cou. Puis il se dandina à travers les plants de tomates avant de s'éloigner en direction du bois. Yannis s'avança vers son père, dont le visage ruisselait de sang, et il ramassa le drap en disant :

« Je vais aller vous le mouiller à la citerne, pour que vous vous rinciez la figure.

– Laisse ça tranquille ! répliqua son père en lui arrachant le drap des mains. Va plutôt ôter cette croix de bois que tu portes au cou ! Va ôter ton mensonge ! Et fous-moi ce maillot déchiré à la poubelle par la même occasion ! »

Quand Démosthène descendit purger le réservoir du caïque, une demi-heure plus tard, il trouva Nicostratos couché sur le ponton. Il essaya de l'effrayer en poussant des cris et en agitant les bras, mais l'oiseau se contenta de se redresser et de lui faire face. Alors, il s'avança en faisant tourner au-dessus de sa tête le long tuyau de

1. Fit la cabriole.

caoutchouc qu'il avait apporté pour siphonner le gasoil. Déconcerté par le sifflement de cette arme inconnue, le pélican recula vers le bord du débarcadère. L'instant d'après, il basculait dans l'eau avec un gros plouf!

« Fous le camp ! lui cria le pêcheur. Dégage de chez moi ! »

Nicostratos ouvrit le bec et cracha une dernière bordée de malédictions avant de mettre le cap sur l'île de Céphalonie.

Aux environs de sept heures, Yannis entendit démarrer le moteur Diesel. Les dégâts étaient réparés. Il descendit au ponton et se cacha à la lisière du bois de citronniers pour surveiller le départ de son père. Puis il s'avança prudemment sur la plage en cherchant Nicostratos des yeux. Mais l'oiseau avait disparu. Il le siffla plus d'un quart d'heure, sans le moindre résultat. Où était-il donc passé ? Il craignit un moment que le pêcheur ne soit de nouveau tombé sur lui et ne l'ait étranglé. Mais, à la réflexion, cette hypothèse lui parut absurde. Démosthène n'était pas un meurtrier. Il lui arrivait même de prendre grand soin des bêtes, à l'occasion. N'avait-il pas soigné Ivridichi lorsqu'elle s'était brisé la patte, au lieu de la mettre à la broche comme le lui conseillait l'abominable Panaïotis Kondakos ? Le jeune garçon entendit soudain craquer des branches derrière lui. Il se retourna, plein d'espoir, et eut la déception de voir paraître Ivridichi à l'orée du bois de citronniers. Son désappointement fut tel qu'il envoya sèchement paître l'infortunée biquette et qu'il alla s'asseoir tout seul au bord du ponton, les jambes pendantes au-dessus de l'eau.

Le soleil descendit peu à peu sur l'horizon et une douce lumière rasante embrasa la baie. Nicostratos ne rentrait pas. Sans doute était-il parti vivre à Céphalonie, loin du barbu hostile[1] qui l'avait malmené. Le jeune garçon soupira en regardant la splendeur du crépuscule sur l'étendue ionienne. Que lui importait le déroulement lointain des lames sur la mer étincelante, maintenant que l'oiseau était parti ?

Un moment plus tard, de petites lumières scintillantes se rapprochèrent lentement dans la nuit et le caïque accosta avec un doux bruit d'hélice noyée. Il empestait le gasoil, car Démosthène avait refait le plein à Polis, au nord de l'île.

« Ne m'aide pas, surtout ! bougonna le pêcheur en s'agrippant aux vieux pneus pendus en contrebas du ponton et qui faisaient office de pare-battage. Reste tranquillement assis sur ton derrière pendant que les vagues me foutent contre le débarcadère ! »

Le jeune garçon se leva pour attraper les amarres, qu'il noua aux anneaux de fer rouillé. Il était partagé entre un grand sentiment de culpabilité lié à la perte de la croix et un autre, tout aussi vif, de rancune contre son père qui avait chassé l'oiseau. Quelle malchance, tout de même, que cette panne de moteur ! Saleté de gasoil ! Saleté de bateau ! Et saleté de barbu, tiens, tant qu'on y était !

À table, ce soir-là, il attendit avec angoisse que Démosthène reparle de la croix d'or. Mais le pêcheur mangea sans un mot. On sentait cependant que le feu couvait sous la cendre. Et d'ailleurs, brusquement, il s'emporta contre son fils sous prétexte que celui-ci boudait son riz aux tomates. Il le pria de foutre le camp dans sa

1. Ennemi.

chambre et de n'en plus sortir tant qu'il n'aurait pas la bouche pliée dans le sens de la rigolade. Trop heureux d'écourter ce pénible tête-à-tête, le jeune garçon se pressa d'obtempérer.

Il s'allongea sur son lit et croisa ses mains sous sa nuque pour faire le point de la journée, qui n'était guère fameuse. Un très beau clair de lune éclairait la chambre et le bruit lointain du ressac lui parvenait, entrecoupé du bruissement des fleurs de chèvrefeuille agitées par la brise de mer. Grisé de leur fragrance[1] et du murmure rythmique des vagues, il se détendit en quelques minutes et tomba dans le sommeil.

Vers minuit, il s'éveilla en sursaut et se redressa dans son lit en écarquillant les yeux : on venait de cogner au volet ! Était-ce Nicostratos qui rentrait, ou Ivridichi qui lui faisait encore une fausse joie ? Il courut à la fenêtre et eut un choc de sang à la poitrine en apercevant une forme blanche dans le jardin.

« Nicostratos ? Tu es revenu ? »

Il enjamba l'appui de la fenêtre et sauta pieds nus dans l'herbe. Le jeune oiseau vint aussitôt se nicher dans ses bras. Mais, comme il avait mal calculé son élan, il donna au garçon un coup au menton avec son gros crâne. Yannis tomba assis dans les sauges, la tête pleine de cloches, des pluies d'étoiles filantes au coin des yeux. Il mit un certain temps à reprendre ses esprits.

« Tu ne dois pas rester ici, dit-il enfin. C'est très dangereux ! Si mon père te voyait, il te ferait un mauvais sort. Je vais te conduire à un coin où tu seras en sécurité. Attends-moi une minute, je reviens ! »

---

1. Parfum.

Il se redressa et s'éloigna vers la fenêtre de sa chambre en se massant la joue.

Quand il reparut, un moment plus tard, il était équipé de pied en cap pour une expédition nocturne. Il avait fourré de vieilles nippes dans sa musette de toile, passé un maillot à manches longues et chaussé ses sandales. Une lampe à pétrole à la main, il s'avança dans le jardin, éveillant de grandes ombres mouvantes qui s'éclipsèrent en lueurs jaunes sur les basses branches des arbres.

« Allons, chuchota-t-il. Suis-moi. Je te conduis à Myrta. »

La cachette que Yannis avait choisie pour Nicostratos se situait sur la côte sud de l'île, à quelques kilomètres seulement de la maison de Pélikata.

Il leur fallut cependant plus d'une heure pour l'atteindre, car le jeune oiseau n'avait pas du tout la tête à marcher. Tous les trois pas, il s'arrêtait pour ramasser des cailloux qu'il mettait dans sa poche. C'était vraiment agaçant de le voir musarder[1] ainsi d'un bord à l'autre du chemin. Yannis l'aurait volontiers porté. Mais, avec son mètre quarante et ses dix kilos de plume et d'os, augmentés d'un ou deux kilos de pierres, la bestiole n'était plus un oisillon qu'on fourre dans un couffin.

À un moment donné, ils firent halte sur une petite plage de gravier rouge où la mer venait se briser avec des soupirs lents, entrecoupés de profonds silences.

« La suite du chemin se fait à la nage, annonça le garçon en se déshabillant. Crache tes cailloux, tu flotteras mieux. »

---

1. Flâner.

Il fourra ses habits et sa lampe dans la musette de toile avant d'entrer tout nu dans l'eau enténébrée[1]. Nicostratos parut admirer l'aisance avec laquelle son maître nageait en tenant sa musette sur sa tête pour ne pas la mouiller. Il se mit à l'eau et glissa dignement près de lui, heureux de cette baignade nocturne qui était une agréable nouveauté.

Yannis longea la côte et décrivit une ellipse qui le mena à une petite baie enchâssée entre deux caps. C'était Myrta, l'un des coins les plus sauvages de l'île. Une simple plage de sable blanc où jasait[2] un bras d'eau douce qui se jetait dans la mer après avoir serpenté dans une gorge encaissée bordée de lauriers-roses arborescents. L'endroit était inaccessible autrement qu'à la nage et on n'y rencontrait jamais personne. C'est pourquoi le garçon aimait à venir s'y baigner de temps en temps. Entre deux trempettes, il croquait de petites figues mauves au goût de miel ou des raisins sauvages confits de soleil. Puis il se rinçait à l'eau douce dans le ruisseau et se séchait tranquillement sur un caillou à l'ombre de grands paravents roses et verts.

« Voilà, fit-il en prenant pied sur la plage. Ça s'appelle Myrta. C'est une baie secrète ou personne ne vient jamais. Ici, tu pourras grandir en toute sécurité. Suis-moi, je vais te montrer la grotte. »

Il se sécha avec une serviette et remit son pantalon. L'air tiède sentait les fleurs de lauriers-roses. C'était vraiment une nuit très douce. Il alluma sa lampe et s'éloigna avec son oiseau le long de la rivière.

---

1. Sombre.
2. Faisait un bruit de paroles.

La grotte où il conduisit Nicostratos constituait une cachette idéale, car elle était invisible depuis la plage. Yannis l'avait découverte par hasard, un jour qu'il poursuivait un gros lézard à collerette érectile appelé stellion. L'animal s'était enfoui au bas d'une clématite grimpante et y avait disparu comme par enchantement. Après bien des tâtonnements, le jeune garçon avait fini par comprendre que l'écran de fleurs blanches cachait en réalité une assez large excavation[1]. Il s'y était introduit, une torche de bois résineux à la main, en repensant avec inquiétude au cyclope Polyphème qui avait dévoré les compagnons d'Ulysse dans le livre de Papa Kostas. La grotte lui avait paru fort saine. Elle était peu profonde, mais haute de plafond et agréablement fraîche.

Il y était revenu souvent et l'avait peu à peu aménagée, tapissant le sol d'aiguilles de pin sèches, ôtant les squelettes de rongeurs et les pelotes de rejection abandonnés par les hiboux, curant même une brèche avec un bâton afin d'assurer la ventilation du petit habitat troglodyte[2]. Et dire qu'en faisant ces travaux, il avait préparé, sans le savoir, les appartements de son futur oiseau !

Il écarta les pans du rideau de clématite et éclaira l'entrée de la grotte avec sa lampe en disant à Nicostratos :

« Nous y sommes. Entre, je te prie. »

Le pélican inclina la tête et regarda son maître avec curiosité. Apparemment, il ne comprenait pas ce que ce dernier attendait de lui. Pourquoi diable agitait-il ces branches de clématite ? Espérait-il les lui faire manger ?

---

1. Creux dans la roche.
2. Creusé dans la roche.

« Bon, d'accord, souffla Yannis. Je passe le premier. »

Il pénétra dans la grotte, sa lampe à pétrole à la main, et il se retourna vers l'oiseau.

« Entre, andouille ! lui dit-il. Qu'est-ce que tu attends ? »

Il alla s'asseoir sur une pierre plate qu'il avait placée là en guise de siège quelques années auparavant. Puis il posa la lampe sur une seconde pierre, plus petite, qui faisait office de table.

Nicostratos se faufila à contrecœur entre les clématites. Il huma l'atmosphère des lieux, puis écarta ses ailes et fit le tour du propriétaire en se dandinant dans la posture dite du porteur d'eau.

« Tu seras bien ici, tu verras. L'air est bon et la température aussi. Et tu n'as qu'à sortir pour prendre tes repas directement dans la mer. Alors, qu'en dis-tu ? »

Pour toute réponse, l'oiseau claqua du bec. À n'en pas douter, l'endroit lui plaisait.

Yannis tira quelques nippes de sa musette et entreprit de les croiser sur le sol pour former une natte grossière. Nicostratos l'observait avec attention, sans rien comprendre à toutes ces manigances[1]. Il se tenait entre son maître et la lampe, si bien que, sur le mur de la grotte, leurs ombres confondues formaient une sorte de merveilleux animal doté tout à la fois de bras et d'ailes.

« Je vais devoir te laisser, maintenant, fit Yannis quand la litière fut prête. Je serais bien resté avec toi, mais ce n'est pas possible. Si je découchais[2], ça ferait tout un drame. Allez, bonne nuit et à demain ! »

---

1. Gestes.
2. Ne dormais pas à la maison.

Il se redressa et suspendit la musette à son épaule. Puis il caressa une dernière fois le cou et les ailes de Nicostratos avant de le quitter.

Dehors, la lune de mai éclairait la plage, qui dégageait une douce lumière phosphorique. Aucun souffle de vent n'agitait les cimes des lauriers-roses. Le silence était simplement rythmé par le halètement brisé de la mer.

Le jeune garçon descendit vers le rivage et ôta ses habits, qu'il fourra dans la musette. Il entra dans l'eau noire, s'y coucha et disparut entre deux vagues. On vit la musette s'éloigner en l'air au-dessus de l'écume ténébreuse tandis qu'il nageait tristement le long du cap en direction de la plage de gravier rouge.

Après s'être rhabillé, il poursuivit sa route à pied au clair de lune en repensant avec nostalgie[1] à la façon dont Nicostratos s'était amusé à remplir sa poche de pierres à l'aller. Il regretta de s'être emporté contre lui. Le pauvre avait bien le droit de s'amuser un peu, non ? Ça allait être dur, de vivre séparé d'un si gracieux compagnon. Plus de gros bec pour lui tirer les boucles le matin, désormais ! Il lui sembla qu'il regrettait déjà le contact des plumes tièdes et l'odeur pourtant peu ragoûtante de l'haleine fortement parfumée à la sardine. Dire que sans cette stupide panne de caïque, rien de tout ça ne serait arrivé ! Maudites bactéries ! Elles avaient ruiné son bonheur !

En entrant dans la maison, il fut scandalisé d'entendre les ronflements sereins de Démosthène dans la cuisine. Le remords ne

1. Tristesse liée au souvenir.

l'empêchait pas de dormir, celui-là ! Il lui tira la langue à travers la porte avant de se retirer dans sa chambre. Puis il se déshabilla dans le noir, se coucha sans bruit et tomba dans un sommeil entrecoupé de cauchemars grotesques : Démosthène, déguisé en renard, attaquait Nicostratos dans la grotte de Myrta. Puis un cyclope barbu coiffé d'une casquette de laine noire s'en prenait à l'infortuné volatile et le poursuivait dans des souterrains humides pavés de dalles glissantes. Enfin, une jeune femme très belle sortait en plein midi d'une eau mystérieusement ténébreuse et se dirigeait vers le figuier de Myrta, où agonisait un grand oiseau blanc pendu par le cou à une chaîne brillante. Elle tendait la main pour cueillir une figue et reculait tout à coup en jetant un cri affreux : Nicostratos, étranglé par la croix d'or, venait de lui tirer la langue !

Le lendemain matin, Yannis descendit à la plage et plongea directement dans la mer Ionienne, où il nagea un bon quart d'heure pour se mettre en train. Ivridichi accourut en bêlant et se posta au bord du ponton pour lancer de pathétiques appels, car elle craignait qu'il ne se noie. Le jeune garçon haussa les épaules et disparut vers les transparences du fond, à seule fin d'inquiéter cette folle qui redoubla ses lamentations.

Quand il remit le pied sur le sable, un quart d'heure plus tard, il se sentait frais et dispos. Il se coucha sous la chevrette et but à la mamelle quelques traits d'un lait âcre[1] et bleu, parfumé de toutes les herbes des collines. Puis il monta chercher un seau en fer blanc dans la remise et il s'installa dans le jardin pour traire Ivridichi tout

1. Irritant.

à son aise. La petite chèvre, qui adorait se faire tripoter les tétines, lécha longuement les cristaux de sel collés sur la figure du jeune garçon. Elle aurait volontiers poussé plus loin son avantage et croqué, dans la foulée, deux ou trois de ces appétissantes boucles de cheveux confites d'eau de mer, mais le souvenir d'une volée de coups de trique reçue un jour qu'elle s'était aventurée à brouter la barbe de Démosthène assoupi à l'ombre d'un olivier la retint sur cette pente fatale.

Yannis passa une partie de la matinée à mouler de petits fromages qu'il mit à égoutter dans des paniers d'osier. Comme il aimait beaucoup ce travail, le temps passa très vite. Aussi fut-il ébahi d'entendre la pendule de la cuisine sonner dix coups. Il courut vérifier l'heure au cadran et laissa tout en plan pour se précipiter à Myrta.

Il trouva Nicostratos occupé à pêcher l'un de ses innombrables repas quotidiens. Le pélican accourut vers lui dans un vacarme de batteuse à blé, en frappant l'eau avec ses grandes ailes. Il volait presque, à présent ! Yannis en fut stupéfait. Il le serra dans ses bras en le félicitant des progrès accomplis depuis la veille. Tous deux jouèrent ensuite longuement à cache-cache parmi les lauriers-roses ombrageant les rives du ruisseau. Aux environs de midi, Yannis dut se résoudre à quitter son oiseau. Démosthène était sans doute rentré de la pêche depuis un petit moment déjà, et mieux valait ne pas trop tarder. Après la journée de la veille, il ne devait pas être à prendre avec des pincettes. Ça allait être gai, tiens, l'ambiance à la maison !

« Tu es une bonne bête, dit-il à Nicostratos en le regardant droit dans les yeux. Je t'aime beaucoup. Mais que veux-tu, il faut que je rentre ! »

Le grand oiseau dressa le cou et enveloppa son maître dans ses ailes. Une bonne odeur de plume tiède se dégageait de lui. Yannis l'embrassa une dernière fois sur le bec avant d'entrer dans l'eau, où il s'enfonça à regret.

Ivridichi poussa un cri d'enthousiasme en voyant le jeune garçon paraître à la lisière du bois de citronniers, un moment plus tard. Quant à Démosthène, il poussa lui aussi un cri, mais c'était un juron. Il jeta deux tomates mûres dans le panier d'osier et traversa le jardin pour venir attraper son fils par le bras.

« D'où viens-tu ? lui demanda-t-il en le secouant comme un prunier. Ça fait une heure que je te cherche ! Tu es parti en laissant les éclisses[1] dégoutter sur l'établi. Il y a du petit lait partout ! C'est dégueulasse ! Mais qu'est-ce que tu as dans la peau, nom de Dieu ? Tu n'es bon à rien, décidément ! »

Yannis, qui s'attendait à un accueil de ce genre, se contenta de baisser les yeux et de prendre l'air contrit[2]. Il se moquait pas mal des reproches du barbu. Maintenant que celui-ci s'était permis de répudier Nicostratos, tout était fini entre eux.

Il attendit que l'orage passe en se remémorant les bons moments qu'il venait de vivre avec son oiseau dans le bois de lauriers-roses. Puis, sans un mot, il partit réparer les dégâts dans la remise.

Vers une heure, il fallut passer à table et supporter le voisinage de l'affreux bonhomme. Le jeune garçon fit contre mauvaise fortune bon cœur et il mangea de grand appétit, car les exercices nata-

---

1. Cageots dans lesquels on place les fromages.
2. Honteux, chagrin.

toires du matin l'avaient creusé. Mais il n'adressa pas la parole à son père qui, de son côté, déjeuna en silence, les yeux baissés sur son assiette.

Après le repas, le farouche[1] pêcheur descendit acheter du pétrole lampant au village, cependant que Yannis prenait le chemin de Prévéli. C'était jour de leçon et il avait beaucoup de choses à raconter à Papa Kostas.

En chemin, il mit de l'ordre dans ses idées. La lumière tombait d'aplomb sur les maquis dévorés de cigales, d'où montait un bruit assourdissant. Des odeurs de résine et de fleurs d'acacia embaumaient l'air qui tremblait sur les pierres sèches. La mer, qu'on ne voyait pas, manifestait sa présence en soufflant de temps à autre une discrète bouffée iodée. Il trouva Papa Kostas en bras de chemise dans le jardin du cloître. Le vieux prêtre avait posé ses habits monastiques sur le banc de marbre et il était en train d'étayer un gros rosier avec des tuteurs de bambou. Yannis s'avança vers lui et le salua selon le rite orthodoxe, en baisant respectueusement la bague sacerdotale. Il admira au passage, sur le bras du saint homme, le petit tatouage représentant un poisson bleu orné du monogramme « IKTUS », qui signifie « poisson » en grec et qui est également l'acronyme[2] de la formule « Iésus Kristus Théou Uios Soter », c'est-à-dire : « Jésus l'oint[3], fils de Dieu, Sauveur. »

« Comment te portes-tu, mon garçon ? demanda Papa Kostas tout en soulevant une brassée de tiges piquantes. Mieux que ton père, apparemment. Je l'ai croisé au kafénion Boustraki, hier à

1. Sauvage.
2. Abréviation d'un groupe de mots formée par la première lettre de chacun de ces mots.
3. Frotté d'huile sacrée, d'où, désigné par Dieu.

l'heure de l'apéritif. Il était d'une humeur massacrante. Peux-tu me passer un brin de raphia, s'il te plaît ? Ils sont dans le panier qui est à tes pieds… »

Yannis prit un brin de raphia dans le panier posé par terre et le tendit à Papa Kostas, qui ajouta : « Il portait un gros pansement sur le front. Il paraît qu'il a reçu une bouteille sur la tête dans sa cave… Voilà un accident surprenant !

– Ce n'est pas une bouteille qui l'a blessé. C'est le bec de Nicostratos ! Il vous a menti parce qu'il avait honte. »

Papa Kostas se tourna vers le garçon et haussa les sourcils.

« Tu veux dire qu'il est au courant, pour l'oiseau ?

– Oui. Et pour le reste aussi, hélas !

– Quel reste ?

– Eh bien ! Mais la croix d'or, pardi !

– Mon Dieu, c'est vrai ! J'oubliais cette histoire de bijou ! Et d'ailleurs, maintenant que tu m'en parles, je remarque que tu es torse nu et que tu ne portes plus ta grosse croix de bois. J'aurais dû m'en apercevoir tout de suite ! Mais que veux-tu, à mon âge, on perd la boule ! C'est triste à dire, mais c'est comme ça ! Comment a-t-il pris la chose ?

– Mal ! Il m'a crié dessus et il m'a déchiré mon maillot ! J'ai cru qu'il allait me battre…

– A-t-il porté la main sur toi ?

– Non. Mais il a essayé d'étrangler Nicostratos. Et pour finir, il l'a chassé de la maison. »

Le vieux prêtre lia fort adroitement sa brassée de tiges avec le brin de raphia. Puis il glissa sous ce fagot une grosse canne de bambou qu'il enfonça dans la terre.

« Voilà. J'en ai terminé avec celui-ci. Les autres attendront. »

Il prit le jeune garçon par le bras et l'entraîna le long de la grande allée bordée de pivoines et de giroflées.

« Te souviens-tu du matin où tu m'as apporté Nicostratos dans le petit couffin de paille ?

– Oui, très bien. Vous m'aviez montré les basses branches de la glycine en m'expliquant qu'il grandirait aussi haut qu'elles. Eh bien, c'est fait. Il est plus grand que moi, maintenant.

– Il faudra que tu me l'amènes un jour prochain. Ce doit être un magnifique oiseau.

– Pour ça, oui ! Une vraie merveille !

– Je suppose qu'il vole ?

– Presque. Il fait du rase-mottes au-dessus des vagues. C'est très beau à voir.

– Eh bien ! Il n'est guère précoce[1] ! Ordinairement, les petits pélicans prennent leur vol dès l'âge de trois mois. »

Yannis pinça les lèvres.

« Les autres pélicans n'ont pas de mérite. Ils ont leurs parents pour leur apprendre. Lui, il n'a que moi. Et je ne vole pas.

– Chez les oiseaux, le vol est un comportement inné[2].

– Qu'est-ce que ça veut dire ?

– Qu'ils n'ont pas besoin d'apprendre.

– Alors, c'est qu'il n'y pense pas. Mais à Myrta, avec les mouettes, il aura le déclic. Je suis sûr que ses progrès vous étonneront. »

Papa Kostas prit le temps de revêtir sa soutane et de remettre sa

1. En avance.
2. Donné par la naissance.

coiffe avant de s'asseoir sur le banc de marbre à côté du jeune garçon.

« Écoute, chuchota-t-il en tendant l'oreille vers un arbuste couvert de fleurs rouges. Écoute comme les petits oiseaux sont contents ! Ils se disputent les pucerons dans l'arbre de Judée. Chaque fois que je les entends, je pense aux voix des anges dans le paradis. Crois-tu que les anges gazouillent, Yannis ?

– Oui, je le crois. Ils ont des plumes, comme les mésanges, et ils portent presque le même nom, avec juste trois lettres en moins. Alors, il n'y a pas de raison qu'ils ne chantent pas. Par contre, ça m'étonnerait qu'ils mangent des pucerons !

– Et les pucerons qui infestent nos cœurs, qui les mange, selon toi ? Les anges, voyons ! Les anges du ciel ! Ils nous débarrassent de ces petits parasites qui nous démangent et que nous grattons parfois malgré nous. Et, en accomplissant ce travail, ils gazouillent, car ils sont heureux de faire le bien. »

Le vieux prêtre toussota et baissa les yeux sur son habit monastique, dont il ordonna soigneusement les plis.

« Mais trêve de bavardages, reprit-il, un peu gêné. Venons-en à notre histoire. Je t'écoute, mon garçon. Conte-moi tes malheurs. »

Yannis narra aussi simplement qu'il le put la panne du moteur Diesel, la terrible colère de Démosthène sur la plage, la bataille dans la chambre, la répudiation de Nicostratos et la fuite nocturne vers la grotte de Myrta. Le prêtre l'écouta sans l'interrompre, en égrenant entre ses doigts son combologue d'ambre. Quand le récit fut terminé, il laissa s'écouler quelques instants et dit enfin :

« C'est une catastrophe ! »

Le jeune garçon partageait cet avis, mais c'était tout de même un peu court. Fort heureusement, il ne s'agissait que d'un préambule, et Papa Kostas s'empressa d'ajouter :

« Mais une catastrophe au sens propre du mot, c'est-à-dire un renversement dont tu peux tirer le plus grand profit.

– Que voulez-vous dire ?

– Maintenant que ton père sait, pour la croix, il va devoir admettre la mort de Cassandre. Et vos relations s'en trouveront forcément améliorées.

– Comment ça ? Je ne vois pas le rapport. Pourquoi admettrait-il tout à coup la mort de ma mère ?

– Mais, parce que la croix est perdue ! Tu comprends, ce bijou était une relique à laquelle il se raccrochait pour éviter d'admettre la douloureuse réalité. À présent, l'oubli devient possible. Et d'ici à quelques semaines, tout rentrera dans l'ordre. Tu verras ce que je te dis. En attendant, évite de le contrarier. Laisse l'abcès se vider doucement et bien à fond. C'est le plus sûr moyen d'obtenir une prompte guérison. Ton père n'est pas un mauvais homme. Il est simplement malheureux. »

La vie reprit son cours à Pélikata. Mais, en dépit du pronostic de Papa Kostas, les choses allaient de mal en pis. Démosthène ne parvenait pas à digérer la double trahison du pélican et de la croix d'or. Il n'en parlait jamais ouvertement, car ce n'était pas son genre d'exprimer les choses. Mais sa rancune se manifestait par de longues périodes de mutisme[1] ponctuées de soudaines explosions de colère.

1. État de celui qui est muet.

Yannis s'efforçait de mettre en pratique les conseils du vieux prêtre et de faire preuve d'indulgence. Cependant, il lui arrivait de se sentir envahi d'une grande détresse. Heureusement, il trouvait des compensations auprès de Nicostratos.

Il lui rendait visite tous les jours à Myrta et se baignait avec lui dans l'eau transparente où étincelaient des myriades[1] de petits poissons colorés. Le jeune pélican était devenu un redoutable pêcheur. Il se servait de sa poche comme d'une épuisette qu'il promenait sous les vagues pour capturer ses proies. Lorsque, au hasard des coups d'écope, il ramenait un gros poisson, il paradait sur la plage en exhibant un sac distendu où l'on pouvait apercevoir par transparence sa frétillante victime qui se débattait. C'était un spectacle un peu écœurant, et Yannis ne pouvait s'empêcher de détourner la tête lorsque, finalement, il avalait tout cru son déjeuner en se rengorgeant avec force sursauts stomachiques[2].

Sa technique de pêche à lui était beaucoup plus raffinée. Il nageait des heures durant à la surface de l'onde, en inspectant les fonds, et plongeait tout à coup à dix ou douze mètres pour attraper des langoustes qu'il cuisait, fendues en deux, sur une braise de thym. Nicostratos, qui était un adepte du crudivorisme[3], n'appréciait guère de voir gâcher ainsi la nourriture et il ne manquait pas de manifester sa réprobation en claquant du bec à l'adresse de son jeune maître. Celui-ci finissait toujours par se laisser attendrir et par lui céder une demi-langouste crue que l'oiseau gourmand picorait en grande friandise.

---

1. Milliers.
2. De l'estomac.
3. Fait de manger les aliments crus.

Après le repas, les deux amis s'installaient sur un caillou au bord du ruisseau et ils faisaient une courte sieste à l'ombre des lauriers-roses bourdonnants d'abeilles. Ce moment de repos était ordinairement troublé par le raffut que faisait Nicostratos en se grattant le cou avec sa patte, car l'infortuné volatile avait attrapé des poux.

Un matin du mois de juin, le jeune garçon eut une merveilleuse surprise en entrant dans la baie. Il progressait à longues brasses coulées sur l'eau transparente, lorsqu'un ange blanc muni d'un grand bec et d'une paire de fortes pattes palmées s'abattit soudain devant lui dans le soleil : c'était Nicostratos. Il volait enfin !

La stupéfaction du jeune nageur fut telle qu'il en perdit la coordination des quatre membres et but une grosse tasse d'eau de mer. Il parvint tout de même à gagner le rivage et resta un moment agenouillé sur le sable humide, à hoqueter et à tousser. Puis il courut le long de la grève en poussant des cris de joie et en tendant les bras vers Nicostratos qui voletait autour de lui avec une aisance de martin-pêcheur.

Deux semaines environ après ce premier vol, Démosthène savourait un ouzo[1] bien frais à la terrasse du kafénion Boustraki lorsqu'il perçut par hasard les bribes d'une fort intéressante conversation. Trois joueurs de dominos assis à une table voisine discutaient entre eux d'un grand oiseau blanc que Nicéphoré Kondoglou, le maréchal-ferrant, prétendait avoir aperçu la veille du côté de Phrikes, perché à la cime d'un pin.

« Je ne dis pas que Nicéphoré a menti, expliquait Constantin

1. Vin.

Zervoudis. Je dis simplement qu'un oiseau géant avec un grand bec jaune citron, ce n'est pas commun dans l'île.

– Nicéphoré aime beaucoup le vin blanc, ajouta Barba Charalambos. Personne ne songerait à lui en faire le reproche car, avec son métier, il faut qu'il boive énormément pour lutter contre la déshydratation. Mais nous savons bien que ça fausse parfois son jugement…

– Vous avez tort de parler comme ça, objecta Photis Théokaras, l'ancien boulanger. Moi, Nicéphoré, je le connais. Tout ce qu'il boit, il le transpire. Ça fait qu'il garde les idées nettes. Et, de la façon qu'il m'a décrit l'oiseau, j'ai reconnu un pélican. »

Constantin haussa les épaules.

« Un pélican dans l'île, ce serait nouveau.

– Tu te trompes. Il y en avait un couple autrefois à Vathy. Mais c'était il y a cinquante ans, tu ne les as pas connus. Ils se promenaient tout l'été sur le port et, au premier vent frais, ils s'envolaient pour l'Afrique.

– Et ils se perchaient à la cime des pins, malgré leurs pattes palmées ?

– Ils se perchaient partout et pas seulement à la cime des pins ! Le mâle, qui s'appelait Hector, dormait dans les mimosas que tu vois au bout du quai. De temps en temps, il en tombait. Et je me rappelle qu'une fois, il a manqué d'assommer Papa Kostas, qui n'avait que vingt-deux ans à l'époque. C'était un sacré morceau ! Il pesait bien ses dix-huit kilos !

– Ce n'est pas énorme, pour un pope de vingt-deux ans ! plaisanta Constantin Zervoudis.

– Imbécile ! Je parle de l'oiseau ! Tu ne respectes donc rien ? Pas même un saint homme ?

– Je te prie de m'excuser. Je ne pensais pas à mal en disant ça. Je voulais juste plaisanter. »

Mais Photis Théokaras continua de le regarder d'un air irrité, car il n'aimait pas beaucoup qu'on se permette de rigoler avec la religion.

« Alors, comme ça, intervint adroitement Barba, d'après toi il y aurait un pélican dans l'île ?

– Je ne peux pas en jurer avant de l'avoir vu de mes yeux, répondit Photis en détournant enfin la tête. Mais c'est probable, oui.

– Voilà une excellente nouvelle ! s'écria Barba en levant son verre de raki. Il paraît que les pélicans portent bonheur ! Trinquons au pélican de Nicéphoré ! Et à Papa Kostas par la même occasion. »

Démosthène n'en revenait pas. Ainsi donc, l'oiseau habitait toujours dans l'île ! Et, depuis un mois, il se cachait ! Mais où ? Pas à Pélikata, en tout cas ! Ce petit hypocrite de Yannis avait dû l'installer quelque part en pleine nature, dans un coin reculé. Le fougueux pêcheur but son ouzo cul sec et se torcha[1] la barbe d'un revers de main. En somme, les mensonges continuaient. Yannis voyait l'oiseau tous les jours et il perdait son temps à jouer avec lui au lieu de travailler. C'est pour ça que les filets étaient toujours mal nettoyés et mal réparés depuis quelques semaines. Il bâclait son ouvrage pour aller retrouver cette bête malfaisante par la faute de

1. Se nettoya.

qui il avait perdu sa croix d'or. Que fallait-il donc faire pour qu'il redevienne le petit garçon docile d'antan ? L'enchaîner au ponton ? Le corriger quand le travail était mal fait ? Pister l'oiseau et lui tordre le cou ? Il commanda un autre ouzo et une assiette de mezedes[1] composée d'olives, d'anchois et de cubes de fromage piqués avec un cure-dent sur de petits morceaux de pain.

Quand il rentra, vers midi, il trouva son fils sagement assis au milieu des filets sur le débarcadère. Ce petit imposteur nettoyait avec application une longue senne[2], et on aurait juré qu'il avait passé la matinée à travailler tant son expression était angélique. Mais ses joues rouges, ses cheveux en désordre, son pantalon humide attestaient qu'il avait nagé et couru. À n'en pas douter, il était allé rendre visite à son oiseau. Démosthène lui jeta les amarres comme si de rien n'était. Crier n'eût fait qu'envenimer les choses. Il coupa le moteur et commença à lui faire passer des caisses vides que le garçon empila au fur et à mesure sur le ponton de bois.

Après le repas, Yannis monta prendre sa leçon au monastère de Prévéli et Démosthène entreprit d'arracher les mauvaises herbes dans le jardin pour se calmer les nerfs. Il se mit à quatre pattes dans les plants d'aubergines et commença à tirer au soleil de longues racines de chiendent d'un blanc éblouissant. Il travaillait depuis une dizaine de minutes environ lorsqu'un bruissement de feuillage attira tout à coup son attention. Il se retourna et demeura

1. Mets que l'on pique dans une assiette.
2. Filet qui sert à pêcher.

interdit en découvrant le grand pélican blanc, debout à l'orée[1] du bois de citronniers, qui regardait avec curiosité en direction de la maison.

Son premier mouvement fut de se redresser pour courir vers lui, tant l'occasion lui semblait idéale d'en finir une fois pour toutes avec ce fléau ailé. Mais il se ravisa et s'allongea carrément à plat ventre sur les racines de chiendent. Mieux valait ne pas se montrer et attendre que l'oiseau approche. Celui-ci resta un moment immobile devant l'écran d'arbres, à inspecter les environs et à chercher son maître des yeux. Puis, brusquement, il s'avança à découvert. Démosthène sentit son cœur s'accélérer lorsque le magnifique volatile longea enfin le jardin. Il prit une inspiration et roula sur le côté avec une surprenante rapidité. Mais l'oiseau fit un bond et s'envola dans un claquement d'ailes.

« Merde ! s'écria le pêcheur en se redressant. Raté ! »

Il leva les yeux au ciel et aperçut le fuyard qui décrivait des cercles au-dessus du bois de citronniers. Sa rage était telle qu'il descendit en courant jusqu'au débarcadère. Il détacha les amarres du caïque, lança le moteur et quitta la baie sans perdre de vue Nicostratos, qui s'éloignait à tire-d'aile vers le large.

La course-poursuite dura une vingtaine de minutes. Puis l'oiseau quitta enfin les hautes brumes de chaleur pour descendre vers la côte et survoler un petit cap verdi par les feuillages des maquis.

---

1. Entrée.

C'était Myrta. Démosthène baissa le régime et attendit que l'oiseau se soit engagé dans la baie pour y pénétrer à son tour, à faible allure. Sitôt qu'il eut passé les bancs de sable, il coupa le moteur et jeta l'ancre. Puis il ôta sa chemise et sauta dans l'eau après avoir ramassé un morceau de filet qui traînait sur le pont. Il avait repéré Nicostratos sur une sorte de corniche drapée de clématites[1] blanches et combiné qu'il serait facile d'aller le cueillir là-haut. Quand il émergea de l'onde, trois ou quatre secondes après avoir plongé, le grand pélican blanc avait disparu.

Toutes les recherches qu'il entreprit pour le retrouver demeurèrent vaines. L'oiseau ne se cachait pas dans le bois de lauriers-roses, ni dans l'inextricable[2] maquis d'yeuses et de myrtes parfumant le cap exposé au vent de mer. Il s'était mystérieusement évanoui.

Le pêcheur, dépité, regagna son embarcation. Comme le tac-tac du Diesel ébranlait de nouveau l'air sec de la baie, on vit tout à coup frémir le rideau de clématite blanche. Un long bec parut entre les pendeloques de fleurs, puis Nicostratos montra ses beaux yeux. Il s'avança sur la corniche et se posta exactement à l'endroit où Démosthène l'avait observé pour la dernière fois, un moment plus tôt. C'était sa façon à lui d'avoir le dernier mot. Après quelques instants, il abaissa le cou et prit son essor au-dessus de la baie éblouie de soleil. Une ascendance[3] le jeta dans la nue.

Cependant, au monastère de Prévéli, Yannis venait tout juste de finir de prendre sa leçon avec Papa Kostas. Le saint homme avait

1. Fleurs.
2. Touffu, emmêlé.
3. Envolée.

tiré de son armoire une boîte de loukoums[1] et il était en train de la présenter au jeune garçon, dont les yeux reflétaient une grande concupiscence[2].

« Sers-toi, lui dit-il. Ils sont tout frais. C'est Ekatérini Gramos qui me les a apportés. »

Yannis contempla les belles pâtes colorées et s'exclama :

« Comme c'est beau ! On dirait des vitraux d'église ! »

Il attrapa un gros coussinet ambré et le mâcha en ajoutant :

« Et churtout, ch'est bon.

– Meilleurs que les vitraux d'église, qui sont sans doute un peu indigestes ! plaisanta Papa Kostas. Mais tu as raison d'oser cette comparaison : pour la couleur, ils se valent. Et puis, tous deux permettent d'entrevoir le paradis… »

Le jeune garçon se pencha sur la boîte et loucha sur les délectables petites friandises en demandant :

« Est-ce que je peux contempler de nouveau le paradis, Papa Kostas ?

– Pioche, mon petit ! Pioche ! Tu as brûlé de l'énergie durant ces heures d'étude. Satisfais ta gourmandise ! »

Yannis ne se le fit pas dire deux fois. Il croqua un second gros coussinet ambré[3], puis se fit bonne bouche avec un loukoum à la rose, ce classique dont on ne se lasse jamais.

« Moi auchi, j'ai une churprije pour vous, Popa Kochtach, dit-il tout en essuyant du bout du doigt le sucre-glace poudrant les commissures de ses lèvres. Mais je ne peux pas vous la donner ichi. Elle

1. Pâtisserie orientale parfumée.
2. Envie, convoitise.
3. Doré et translucide.

che trouve chur les balcons du dernier étage. Voulez-vous que nous ji montions ?

– Ne parle pas la bouche pleine, mon garçon. C'est très laid. Et puis, surtout, ça me donne envie de manger des loukoums. Or, tu sais bien que je n'ai pas droit aux sucreries.

– Je chui déjolé de vous javoir fait envie. Chi j'avais pu me douter que…

– Tais-toi ! fit le prêtre agacé. Avale ce que tu as dans la bouche. Tu parleras après ! »

Yannis mastiqua longuement le gros pâton sucré sous les yeux de Papa Kostas, qui avait sorti son chapelet de sa poche et l'égrenait en marmottant dans sa barbe.

L'extermination du loukoum à la rose se prolongea devant le saint homme jusqu'aux limites de l'humainement supportable. Puis le jeune garçon expédia enfin sa bouchée et reprit d'une voix nette :

« Je disais que j'ai une surprise pour vous. Mais elle est là-haut ! Sur les balcons !

– Est-ce que par hasard tu te serais permis d'y monter tout seul ? Je te rappelle que c'est interdit !

– Je vous jure que je n'y suis pas monté ! Mais pourtant, une surprise vous attend là-haut.

– Que ma barbe fleurisse si je comprends quelque chose à tout ça ! Les loukoums te montent à la tête, petit ! Ou alors c'est l'*Encheiridion* de Nicodème l'Hagiorite que tu ne supportes plus. »

Yannis arriva le premier en haut de l'escalier de bois. Il s'avança avec précaution sur le balcon et s'accouda à la rambarde vermoulue pour admirer la mer. À perte de vue, la soie ionienne[1] vibrait

1. Métaphore pour la mer.

dans la lumière comme une délicate feuille d'or qu'un rayon oblique métamorphosait tour à tour en dalle de marbre unie et lisse ou en grand bouclier de cuivre finement martelé. Par endroits, les eaux vertes prenaient des teintes laiteuses. Ailleurs, elles semblaient magiquement absentes à force de pureté. De grands élancements blancs parcouraient le ciel et l'île de Céphalonie frissonnait sous des averses de lumière délicate.

« Venez vite voir, Papa Kostas ! s'écria le jeune garçon, tout excité. C'est encore plus beau que d'habitude ! Dépêchez-vous, avant que ça ne s'arrête !

– Aperçois-tu les signes de l'Apocalypse[1] dans le ciel, mon garçon, pour craindre une chose pareille ? demanda ironiquement le vieux prêtre en s'avançant sur le balcon d'un pas assuré.

– Non, bien sûr. Mais il y a une très jolie lumière sur l'eau et ce serait bête que vous la manquiez. »

Papa Kostas s'accouda à la rambarde à côté de Yannis et admira la mer Ionienne, qu'il connaissait par cœur mais dont il ne se lassait pas.

« Et ta surprise ? demanda-t-il enfin. Elle s'est envolée ?

– Vous ne croyez pas si bien dire. Tenez ! Jetez un coup d'œil en direction de Leucade. Et patientez quelques instants… »

Le jeune garçon siffla entre ses doigts, cependant que Papa Kostas, interloqué, portait ses yeux le plus loin possible sur la vaste étendue pailletée de micas[2]. Tout à coup, il vit paraître un point d'or à l'horizon. C'était un oiseau qui volait lentement entre ciel et mer dans le jour éblouissant.

---

1. Jour du Jugement dernier.
2. Éclats brillants.

« Tenez, fit Yannis en montrant ce point brillant. Voici votre surprise qui arrive ! »

Le prêtre, dont les fragiles yeux bleus étaient facilement blessés par le soleil, sortit ses lunettes fumées de sa poche et les ajusta sur son nez.

« Mais quel est donc ce bel oiseau blanc qui vient vers nous à tire-d'aile ? demanda-t-il en forçant un peu le ton. Ne serait-ce pas Nicostratos ?

– Tout juste ! s'écria le garçon d'une voix vibrante. La surprise, c'est lui ! »

Il n'avait pas plus tôt prononcé ces paroles que le grand pélican s'abattit entre eux dans un somptueux froissement d'ailes.

Papa Kostas recula d'un pas et se signa en s'exclamant :

« Mon Dieu ! Quel magnifique oiseau !

– Je vous l'avais bien dit que Nicostratos était le plus beau pélican du monde ! Venez l'embrasser, Papa Kostas. Je suis sûr qu'il va vous reconnaître. Il a une excellente mémoire. »

Le prêtre s'avança vers le pélican aux yeux rouges qui se mit aussitôt à grogner et à se dandiner d'une patte sur l'autre.

« Il n'a pas l'air content que je m'approche. Je ferais peut-être mieux de rester à distance…

– C'est à cause de la barbe. Il se méfie des barbus, depuis que mon père l'a attaqué. Gardez vos mains baissées et inclinez-vous devant lui en avançant le cou. »

Papa Kostas suivit ces recommandations à la lettre et Nicostratos, rassuré, tendit le bec vers lui pour lui mordiller amicalement la barbe.

« Il vous reconnaît ! C'est extraordinaire, ce qu'il est intelligent !

Quand on pense qu'il ne vous a vu qu'une fois, alors qu'il n'était qu'un oisillon !

– Sans doute a-t-il été sensible au prestige de l'habit monacal[1], plaisanta le prêtre. Ou alors, il m'a pris pour un gros corbeau… »

Il caressa doucement la huppe du bel oiseau blanc, qui, pour manifester sa gratitude, ouvrit un large bec et empocha tout rond la croix pectorale d'or.

En rentrant à Pélikata, ce soir-là, Yannis trouva son père occupé à traire la petite chèvre Ivridichi près du pan de mur. Il eut la tentation d'aller discuter avec lui, mais le pêcheur faisait une telle tête qu'il jugea préférable de passer son chemin. À quoi bon s'exposer à une rebuffade[2] ? Durant le dîner, Démosthène tourna dans sa tête les événements de l'après-midi. Il ne parvenait pas à comprendre comment l'oiseau avait pu lui échapper, et cela le contrariait terriblement. Yannis mangea sans dire un mot puis demanda la permission de sortir de table. Il descendit s'asseoir dans les herbes odorantes, en contrebas de la maison, et il resta jusqu'au soir à observer les petites lignes pourpres[3] que les vagues traçaient au loin sur la mer.

Démosthène fit un crochet par Myrta dès le lendemain, en rentrant de la pêche, et il eut la satisfaction d'apercevoir le grand oiseau blanc perché sur la corniche rocheuse. Il manœuvra avec précau-

1. De moine.
2. À être repoussé.
3. Nuance de rouge.

tion entre les bancs de sable pour se rapprocher de la plage, puis coupa le moteur et tâtonna sous le plat-bord afin d'attraper ses jumelles. Mais, le temps qu'il les sorte de leur étui, l'oiseau avait disparu.

« Je vais acheter une carabine et abattre ce salopard depuis le bateau ! bougonna-t-il en remettant les gaz. Ça réglera la question. »

À plusieurs reprises, les jours suivants, il réitéra sa tentative d'approche. Mais c'était chaque fois la même chose. Le pélican profitait du moindre moment d'inattention pour se fondre dans le rideau de fleurs blanches, au nez et à la barbe du pêcheur qui se demandait sérieusement s'il n'était pas en train de devenir fou.

Il n'eût sans doute jamais percé le mystère de ces escamotages[1] pélicanesques sans le concours involontaire de la petite chèvre Ivridichi.

Un matin qu'il rangeait des cordages sur le caïque, il entendit tout à coup tintinnabuler une clochette. Il se redressa et aperçut la chevrette qui le considérait avec intérêt depuis la lisière du bois de citronniers.

« Tu m'espionnes ? lui cria-t-il. C'est nouveau, ça ! »

Et il se remit à rouler ses cordages. Mais Ivridichi commença à bêler d'une voix éraillée, comme si elle voulait lui dire quelque chose. Il leva de nouveau les yeux vers elle et eut un choc de surprise en constatant qu'elle s'était volatilisée.

« Alors ça, souffla-t-il, c'est trop fort ! Elle me fait le coup du pélican ! »

---

1. Disparitions.

Il s'élança vers le bois, où il trouva la coquine occupée à brouter tranquillement dans un buisson. Les clématites de Myrta lui revinrent en mémoire et il se figea devant la biquette en fronçant les sourcils. Il venait de comprendre le subterfuge de Nicostratos ! Ivridichi, qui le croyait fâché, détala prudemment vers la plage en égrenant derrière elle un chapelet d'olives tièdes[1].

Il courut détacher les amarres du caïque et mit le cap vers Myrta. Cette fois, le pélican n'allait pas s'en tirer à si bon compte !

En moins de vingt minutes, il eut atteint la baie. Il jeta l'ancre, ôta sa chemise et plongea au milieu d'une multitude de petits poissons semblables à de craintives gouttelettes d'or. Puis il gagna la corniche rocheuse et ramassa une branche morte avec laquelle il entreprit de sonder le rideau de clématites. Tout à coup, la pointe de son bâton s'enfonça dans le vide et il eut un sourire de triomphe. Les mystérieux escamotages venaient de trouver une explication ! Écartant d'un geste auguste[2] les pendeloques de fleurs, il s'avança dans la grotte, son bâton à la main.

Une profonde obscurité régnait dans le repaire de l'ennemi. Il commença par coincer son bâton en travers du rideau de clématites, afin de laisser entrer un peu de soleil. Puis il inspecta l'abri dans ses moindres recoins. Celui-ci était vide. Mais quelques plumes blanches abandonnées sur la natte faite des vieilles nippes[3] de Yannis attestait qu'il avait vu juste. C'était bien ici que

1. Chapelet de crottes.
2. Solennel.
3. Vêtements, chiffons.

Nicostratos avait sa cachette. Il alla s'asseoir sur la pierre plate faisant office de siège et se prit le menton dans la main pour réfléchir à la meilleure manière de capturer l'oiseau.

Lorsque Nicostratos se posa sur la corniche, une demi-heure plus tard, Démosthène l'attendait, tapi dans l'ombre, un filet à la main. À travers le rideau de clématites, il l'aperçut qui se dandinait au soleil pour faire descendre la demi-livre de sardines qu'il venait de pêcher. Il cessa de respirer et recula vers le fond de la grotte. Après quelques minutes d'attente anxieuse, il vit enfin poindre un long bec jaune entre les tiges ligneuses[1] étoilées de fleurs blanches. Il laissa l'oiseau s'avancer dans la pénombre et sauta brusquement sur lui en déployant son filet. Nicostratos écarta les ailes et lança le bec en avant. Mais le pêcheur esquiva fort habilement cette riposte. Un instant plus tard, l'oiseau gisait sur le sol, emberlificoté[2] dans le treillis à larges mailles.

Écartant les pendeloques de fleurs avec ses coudes, Démosthène évacua son encombrant paquet. Il descendit à travers le bois de lauriers-roses en portant l'oiseau sur ses épaules. Nicostratos ne pesait qu'une douzaine de kilos, mais il se débattait comme un diable et, à plusieurs reprises, le pêcheur manqua s'étaler au milieu des bruyères.

« On va faire un petit voyage, toi et moi, souffla-t-il en arrivant sur la plage. Je t'emmène à Céphalonie… »

Il bascula le captif dans ses bras et pénétra avec lui dans la mer Ionienne, en ajoutant :

« Tu seras bien, là-bas. Et moi, je serai bien ici, loin de toi ! Et

1. Fibreuses.
2. Emmêlé, empêtré.

Yannis redeviendra sérieux. Ne t'agite pas comme ça, tu vas te noyer ! »

Il nagea jusqu'au caïque en faisant flotter Nicostratos devant lui comme une grosse bouée, et en s'appliquant à lui maintenir la tête hors de l'eau. L'oiseau, terrifié, clignait ses yeux rouges cependant que, par un mouvement réflexe, ses palmes essayaient vainement de battre l'onde entre les mailles du filet.

Le caïque faisait route vers l'île de Céphalonie depuis un petit moment déjà, lorsqu'un doute s'insinua dans l'esprit du pêcheur. Et si l'oiseau trouvait le moyen de regagner Myrta par la voie des airs ? Il en était capable, après tout. Ne volait-il pas à la perfection ? Dès lors, tout serait à recommencer. Il faudrait le capturer de nouveau et l'exiler encore plus loin ! Sans compter qu'après avoir été attrapé une première fois, il deviendrait méfiant.

Accablé, Démosthène se laissa tomber sur le gros sac de toile contenant la voilure d'appoint. Il ne savait plus que faire.

Après quelques minutes de réflexion, il se leva et mit le pilote automatique – une simple corde effilochée qu'il nouait à la barre lorsqu'il avait à faire sur le pont. D'un pas mécanique, il sortit de l'habitacle[1] pour aller trouver Nicostratos à l'arrière du caïque.

« Je suis désolé d'avoir à t'apprendre que nous n'irons pas à Céphalonie », lui dit-il.

Il prit son couteau dans sa poche et s'agenouilla près du grand oiseau blanc.

« Je vais devoir faire une chose affreuse. N'aie pas peur, tu ne sentiras rien. »

---

1. Partie du bateau où s'installe le pilote.

Nicostratos eut un soubresaut à la vue du couteau. Il connaissait la redoutable efficacité de cet instrument tranchant, dont Yannis s'était si souvent servi devant lui pour couper le nylon à filets.

« J'aurais préféré que tout ça finisse autrement. Je n'aime pas tuer les bêtes. Mais si je ne me débarrasse pas de toi, je perdrai mon fils. Alors… »

Il appuya la lame brillante sur le cou de Nicostratos qui entrouvrit le bec et se mit à siffler comme un serpent. Même à l'article de la mort, l'oiseau gardait toute sa superbe[1]. Démosthène le regarda et se remémora le moment où il l'avait aperçu pour la première fois sur la plage, un mois plus tôt. Il revit la bête formidable courant derrière Yannis dans la lumière du matin. Et, soudain, il eut honte du geste qu'il s'apprêtait à commettre et il leva sa lame.

« Et merde ! s'exclama-t-il. Je ne peux pas ! »

Il demeura quelques instants pétrifié[2], son arme à la main.

« Si je te tuais comme ça, froidement, ce serait un crime dont j'aurais honte toute ma vie. »

Il passa le couteau sous les mailles du filet et les trancha une à une. Le grand oiseau roula sur le flanc et se redressa noblement de toute la hauteur de son mètre quarante. Il regarda Démosthène, grimpa d'un bond sur le plat-bord et s'envola dans un claquement d'aile.

« C'est ça, fous le camp ! lui cria le pêcheur. Je ne chercherai plus à te nuire, désormais. File retrouver ton maître ! Et essaie d'en faire un homme, puisque tu es si malin ! Moi, je n'ai pas réussi. »

---

1. Fierté.
2. Transformé en pierre, immobile.

3

Plusieurs semaines s'étaient écoulées depuis l'épisode de la grotte.

Le mois de juillet venait de commencer et Nicostratos était à présent le sujet de conversation numéro un dans les kafénions du port. À diverses reprises, des pêcheurs dignes de foi l'avaient aperçu en mer ou sur des plages désertes. On était allé annoncer cette bonne nouvelle à Nicéphoré Kondoglou, qui commençait à craindre pour sa santé mentale, et Barba Charalambos s'était déclaré navré d'avoir mis toute l'histoire sur le compte du vin blanc. Il lui avait présenté publiquement ses excuses et les deux hommes avaient trinqué sur l'enclume, en gais compagnons.

Comme le flou le plus complet régnait sur l'aspect et sur les mœurs[1] du mystérieux volatile, chacun y allait de sa petite théorie. Certains disaient qu'il s'agissait d'un albatros[2]. D'autres penchaient plutôt pour un gros perroquet échappé de quelque volière à Céphalonie. Barba Charalambos, qui avait aperçu une forme blanche dans les mimosas un soir en sortant de chez Boustraki, affirmait avec une tranquille assurance qu'il s'agissait d'un pélican. Il n'avait pourtant observé qu'un morceau de toile à voile agité par le vent, mais sa poésie personnelle, décuplée[3] par de nombreuses tournées d'apéritifs, lui avait fait entrevoir la vérité. Il fatiguait tout le monde en répétant que cette apparition constituait « un excellent présage[4] » et que l'île allait connaître « de grands bouleverse-

1. Habitudes de vie.
2. Grand oiseau marin blanc.
3. Qui a pris de la puissance.
4. Annonce.

ments positifs », formules vagues qui lui attiraient invariablement la réponse suivante : le grand bouleversement positif, ce serait que tu arrêtes de boire du vin blanc ! Bref, les discussions allaient bon train et il n'était pas rare que les apprentis ornithologues[1], à bout d'arguments, échangent des noms d'oiseaux.

À Pélikata, l'ambiance était catastrophique. Démosthène ne sortait quasiment plus de son mutisme bougon. Quant à Yannis, il ne faisait rien pour arranger les choses. Le matin, il continuait de descendre au ponton après le départ de son père. Mais, au lieu de se mettre au travail, il sifflait Nicostratos. Le grand oiseau blanc fondait sur lui, du haut du ciel, à la façon d'un épervier. C'étaient alors de longues parties de lutte sur la plage et dans le bois de citronniers et, parfois même, des escapades à Myrta, où les deux compères pêchaient des langoustes et des poissons-perroquets. Naturellement, le ravaudage allait à vau-l'eau[2], ce dont le jeune garçon n'avait cure. Démosthène avait pour ainsi dire renoncé à lui crier dessus. Les Voutyras, père et fils, ne se croisaient plus qu'aux heures des repas, où chacun boudait devant son assiette en regardant la pendule. Le soir, Yannis s'isolait dans sa chambre pour repasser ses leçons, tandis que Démosthène redescendait à Vathy avec le triporteur pour prendre un dernier raki chez Doulichion. Il passait la soirée assis dans un coin avec sa bouteille et son verre. Personne ne se formalisait[3] de ce comportement, car on connaissait son caractère. Mais, ce qui surprenait tout le monde, c'était de le voir

1. Savants qui étudient les oiseaux.
2. Ne se faisait presque plus.
3. Ne se souciait.

se lever et quitter le café sans un mot chaque fois qu'il commençait à être question du pélican blanc.

Yannis avait été très surpris d'apprendre, de la bouche de Papa Kostas, que son pélican était en train de devenir une vedette dans l'île. Lorsqu'il descendait à Vathy, une fois par semaine, pour vendre ses légumes et ses fromages sur le marché, les conversations portaient surtout sur la fraîcheur des aubergines et la fermeté des concombres. Si bien qu'il ignorait tout de la célébrité naissante de son oiseau. Cette notoriété l'avait beaucoup ennuyé. Il craignait que le bruit n'en parvienne aux oreilles de Démosthène et que celui-ci ne finisse par faire le rapprochement. Mais Papa Kostas l'avait rassuré en lui disant que c'était impossible, car pour l'instant on ne savait pas à quelle espèce appartenait l'oiseau.

Nicostratos continua de passer quelque temps incognito. Mais, un matin que Yannis était tranquillement installé derrière son étal de légumes à Vathy, un bruissement d'ailes caractéristique attira son attention. Il leva la tête et eut la stupéfaction d'apercevoir son oiseau qui voletait sur place au-dessus du marché. Ce spectacle inattendu lui causa un tel choc qu'il manqua de s'évanouir dans ses aubergines. Il parvint cependant à se ressaisir et, par de petits gestes discrètement appuyés, il essaya de chasser l'intrus. Celui-ci dut se méprendre sur la signification de ces signaux car, au lieu de s'éloigner à tire-d'aile, il inclina ses rémiges[1] et se posa avec grâce au

1. Ailes.

milieu des badauds médusés[1]. On se doute que l'apparition du mythique volatile ne passa pas inaperçue ! En quelques instants, le brouhaha[2] qui régnait sur le quai fit place à un silence attentif et tous les regards se tournèrent vers le grand oiseau blanc. On se serait cru à la chapelle de Prévéli pendant l'élévation[3] du Christ Panthocrator ! Nicostratos replia nonchalamment ses ailes et fendit le cercle des quidams[4] pour venir saluer son maître. Il paraissait fort aise de voir la déférence[5] avec laquelle tout le monde s'écartait sur son passage. Quand il eut mordillé les oreilles du jeune garçon, il fit volte-face et parada en hérissant sa huppe et en se dandinant d'une patte sur l'autre. Puis, pour exprimer sa joie, il écarta les ailes et s'avança vers ses admirateurs en brassant l'air à grands coups, avec un bruit de batteuse à blé.

Cette démonstration de force n'était qu'un jeu, mais une petite fille qui se trouvait au premier rang des spectateurs fondit en larmes, persuadée que le monstre s'apprêtait à la réduire en pièces. L'oiseau, consterné[6], interrompit net sa parade guerrière. Il abaissa ses grandes ailes et se tourna vers son maître pour l'interroger du regard. Yannis, qui désirait ardemment le voir déguerpir, claqua de la langue en désignant le ciel. Nicostratos inclina le cou et prit son vol dans le soleil du matin.

Tout le marché suivit des yeux les lentes orbes[7] qu'il décrivit au-dessus des quais avant de disparaître à l'horizon. Puis Barba

---

1. Stupéfaits.
2. Vacarme, bruit.
3. Cérémonie qui rappelle l'ascension du christ.
4. Gens.
5. Marque de respect.
6. Frappé d'étonnement.
7. Cercles.

Charalambos fendit la foule et s'avança vers Yannis, la barbe frémissante et des larmes plein les yeux.

« Dans mes bras, petit Voutyras ! s'écria-t-il avec un trémolo[1] pathétique[2]. Dans mes bras, bénédiction de l'île ! Nous te serons éternellement reconnaissants de nous avoir apporté ce magnifique pélican ! »

Il enleva Yannis dans ses bras et le serra sur sa poitrine en lui faisant craquer toutes les côtes. Puis on porta le jeune garçon en triomphe dans les rues du village, et ce fut la fin de l'incognito.

Démosthène venait tout juste d'accoster et il était en train de décharger ses caisses de poissons lorsque Photis Théokaras accourut vers lui en agitant sa canne. L'ancien boulanger semblait très excité. Il était encore sous le coup de l'émotion et d'une assez longue tournée d'apéritif prise à la terrasse du kafénion Boustraki avec Constantin Zervoudis et Barba Charalambos. Il s'avança vers le pêcheur et lui tendit la main en le remerciant solennellement[3] du magnifique cadeau qu'il venait de faire à la communauté. Puis, sur un ton de reproche, il ajouta que ça n'était pas très gentil d'avoir gardé si longtemps, pour lui tout seul, un si beau secret. Démosthène ne comprit rien à ce que bredouillait son interlocuteur, mais comme il avait du travail, il se contenta de hausser les épaules et de continuer d'empiler ses caisses sur une sorte de plateforme à roues de caoutchouc bricolée pour le transport de la pêche vers la halle.

---

1. Tremblement dans la voix.
2. Qui provoque une grande émotion.
3. Avec gravité.

« Tu ne peux pas imaginer l'impression que ça nous a fait, de voir cet ange blanc se poser au milieu du marché. C'était comme un rêve. Un rêve merveilleux… »

Pour le coup, Démosthène s'interrompit et rejeta sa casquette en arrière.

« Mais de quoi parles-tu, mon pauvre Photis ? J'ai l'impression que tu as commencé le vin blanc de bonne heure, ce matin.

– Tu sais très bien de quoi je parle. Ne fais pas l'innocent ! »

Le pêcheur hocha la tête et considéra son interlocuteur avec commisération[1].

« Tu ferais mieux de rentrer dormir un moment. Le spectacle que tu donnes est pitoyable. Qu'est-ce qui t'a pris de t'enivrer ?

– C'est à cause de Nicostratos. Tout le monde est content qu'il soit parmi nous…

– Nicostratos ? C'est qui, celui-là ?

– Mais le pélican de ton fils, voyons ! Arrête un peu de faire l'imbécile. Il s'est posé ce matin en plein marché. C'était bien la peine de nous le cacher et de laisser tout le village tourner en bourrique ! Ha, ça, il n'y a pas à dire, tu es têtu ! »

Démosthène garda quelques instants le silence. Il ne parvenait pas à en croire ses oreilles.

« Et merde ! dit-il enfin en rabattant sa casquette sur ses yeux. Ça continue ! »

Et, sans autre commentaire, il tourna le dos au boulanger et se remit à décharger sa pêche.

1. Pitié.

Le lendemain matin, de bonne heure, Yannis monta trouver Papa Kostas au monastère. Il était un peu déconcerté par l'attitude de son père, qui, depuis la veille, n'avait pas fait la moindre allusion aux événements du marché. Démosthène ne pouvait pourtant pas ignorer ce qui s'était passé, puisqu'il fréquentait le kafénion Boustraki. C'était vraiment à n'y rien comprendre ! Il espérait que le vieux prêtre pourrait l'aider à pénétrer le mystère de la psychologie paternelle, cette énigme toujours renouvelée.

Papa Kostas parut ravi de voir le jeune garçon entrer dans le jardin du cloître[1] et il se leva aussitôt pour venir à sa rencontre. Il était au courant de tout car, la veille, il avait croisé Barba Charalambos marchant à quatre pattes sur le port à l'heure de l'apéritif. Ce dernier venait tout juste de fêter l'apparition de Nicostratos avec quelques ornithologues de sa connaissance et c'était une véritable hécatombe[2] parmi ces spécialistes, qui gisaient de place en place sur le quai.

Avec son merveilleux optimisme, Papa Kostas vit dans le mutisme de Démosthène un excellent présage de pardon. Si le pêcheur se taisait, c'était qu'il n'accordait plus la moindre importance aux événements passés, etc., etc. Yannis accueillit ce diagnostic avec scepticisme[3] et changea de sujet. Il demanda au saint homme si ce dernier trouvait prudent qu'il retourne sur le port après ce qui s'était passé. Papa Kostas le lui déconseilla. Mais le jeune garçon fit observer qu'il devait continuer de faire le marché tous les mercredis et que, d'autre part, son absence n'empêcherait

1. Portique au centre d'une abbaye.
2. Carnage, désastre.
3. Méfiance, doute.

pas Nicostratos de renouveler ses exploits, bien au contraire. Dans ces conditions, ne valait-il pas mieux descendre tous les jours à Vathy pour surveiller l'oiseau ? Le prêtre s'étonna de ce que son jeune élève lui demande conseil pour n'en faire ensuite qu'à sa tête et Yannis dut admettre que c'était idiot, en effet.

« J'ai des soucis, en ce moment, Papa Kostas. Ça me fait agir et parler en dépit du bon sens. Veuillez me pardonner.

– Quels sont ces soucis, mon garçon ? Tu as peur pour Nicostratos ?

– Un peu. Mais il n'y a pas que ça…

– Parle, voyons. Tu sais bien que je peux tout entendre.

– Vous vous êtes trompé quand vous avez prédit que ça s'arrangerait entre moi et mon père ! En fait, c'est pire qu'avant ! On ne se parle plus du tout ! »

Le prêtre marqua un temps et caressa sa barbe crêpelée[1].

« As-tu mis en œuvre les conseils que je t'avais donnés et veillé à ne pas trop le contrarier afin d'obtenir que peu à peu il se radoucisse ? »

Le jeune garçon baissa les yeux et contempla ses mains noircies de soleil qu'il tenait croisées devant lui. Il aurait sans doute menti à Papa Kostas pour la première fois de sa vie si l'angélus de neuf heures n'avait eu le bon goût de se mettre soudain à sonner.

En redescendant de Prévéli, il fit un petit crochet par Myrta, histoire de dire deux mots à Nicostratos. Mais l'oiseau s'était absenté. Il le siffla en vain plus d'un quart d'heure et dut finalement se résoudre à rentrer sans l'avoir vu.

1. Aux boucles serrées.

Il passa les heures les plus chaudes de l'après-midi à arracher les mauvaises herbes dans le jardin, sous la surveillance de Démosthène qui rebouchait les lézardes de la citerne avec du ciment prompt. Cette activité constituait pour lui un véritable supplice. Il aimait traire Ivridichi, réparer les filets, vendre les légumes au marché, mais détestait rester à genoux dans un carré d'aubergines ou de concombres, le derrière en l'air et le nez baissé vers les mottes de terre, comme une poule en train de picorer. Démosthène le savait bien et c'était précisément pour cette raison qu'il l'avait contraint à désherber. Il voulait le punir d'avoir emmené l'oiseau au village. Yannis, qui enrageait intérieurement, s'acquitta néanmoins de sa tâche en sifflotant un air joyeux pour donner le change. Vers cinq heures, enfin libre, il courut au port, où il avait le pressentiment qu'il trouverait son oiseau.

Quand il arriva à Vathy, une agréable brise de mer était en train de se lever et une belle lumière vespérale[1] jaunissait les dalles des quais. Il descendit la rue Aristokléous en observant les bouvreuils qui se querellaient dans les hibiscus[2] parcourus de frénétiques crépitements d'ailes. Puis il s'arrêta à la fontaine jouxtant le magasin de céramiques et il se passa une poignée d'eau sur le visage avant de se diriger vers les hangars à bateaux.

Comme il longeait la terrasse du kafénion Boustraki, Photis Théokaras le héla[3] depuis une petite table disposée à l'ombre d'un platane. Il voulait lui offrir à boire. Le jeune garçon n'avait pas du tout soif mais, pour être agréable à l'ancien boulanger, il alla s'instal-

1. Du soir.
2. Fleurs.
3. Appela.

ler un moment à côté de lui. Photis commanda deux pâtisseries au miel, un ouzo et un grand verre de jus d'orange. Puis il commença à complimenter Yannis au sujet de Nicostratos. Les clients des tables voisines se mêlèrent peu à peu à la conversation et, bientôt, on fit cercle autour de la jeune vedette en la pressant des questions les plus saugrenues. Quelqu'un demanda si Nicostratos respirait par le bec ou par les trous qu'il avait près des yeux. Un autre voulut savoir s'il comprenait le patois de Zante[1]. Un marin d'Athènes scandalisa tout le monde en avouant qu'il avait mangé du pélican à Sydney et que c'était une viande coriace qui avait un arrière-goût de sardine. Photis lui administra aussitôt un coup de canne sur la nuque en lui demandant si cela aussi avait un arrière-goût. Et lequel ? L'imbécile quitta la terrasse sans demander son reste.

Le jeune garçon eut toutes les peines du monde à se tirer des griffes de ses admirateurs. Il parvint finalement à leur échapper et s'éloigna d'un pas rapide vers les hangars en essayant de déloger avec sa langue les fibrilles[2] d'orange coincées entre ses dents. Il se demandait quelle mouche avait bien pu piquer tous ces gens pour qu'ils s'entichent ainsi de Nicostratos. C'était un bel oiseau, mais tout de même ! Est-ce que ça méritait tout ce foin ? Une vieille dame l'aborda timidement pour lui demander si la période d'incubation chez les pélicans était de trente-trois jours, comme elle le pensait, ou de vingt-neuf, comme le prétendait une amie. Puis, un peu plus loin, une fillette lui offrit un sachet de pistaches noué d'une faveur rose, qu'il accepta, un peu gêné. Enfin, un touriste britannique rougi de

1. Patois de l'île de Zante, île de la mer ionienne.
2. Fins morceaux.

coups de soleil acheva de le consterner en lui assénant une longue phrase mystérieuse qui ressemblait à un borborygme[1]. Yannis lui répondit qu'il ne parlait que le grec. Sans se démonter, l'homme se mit à mimer ce qu'il voulait dire. Il porta son appareil photographique à son œil et fit mine de prendre un cliché. Puis il écarta les bras et battit l'air comme s'il essayait de s'envoler. Yannis comprit que ce plaisant original souhaitait photographier Nicostratos et, à son tour, il montra le quai vide avec une petite grimace qui exprimait l'impuissance. Mais l'homme sortit deux billets de mille drachmes de sa poche et les lui tendit en renouvelant son petit manège. Le jeune garçon haussa les épaules et passa son chemin, après avoir appelé « écrevisse obtuse[2] » l'Anglais rubicond[3].

Nicostratos n'était pas sur la plage, ni aux abords de l'ancienne agora[4]. Yannis le chercha longuement derrière les hangars à bateaux avant de se résoudre à pénétrer dans le dédale des petites ruelles adjacentes à la place du marché. Finalement, il monta s'asseoir tout en haut du village, sur un muret de pierres sèches soutenant les ruines de l'ancienne minoterie. Il aimait ce point de vue dominant le quartier de Kamari, les quais et la mer. Toutes ces venelles[5] tortueuses badigeonnées de lait de chaux et drapées de grandes bougainvillées rouges valaient le coup d'œil. Il ouvrit le sachet de pistaches que lui avait donné son admiratrice et se mit à décortiquer des graines en admirant la baie de Vathy.

---

1. Gargouillements.
2. Fermée, stupide.
3. Très rouge.
4. Place principale.
5. Ruelles.

Une vingtaine de minutes plus tard, un jeune garçon parut au débouché de la rue Égirousses. Ce n'était pas un petit paysan, ni un fils de pêcheur. Il portait un pantalon de toile beige fort bien coupé et une chemisette blanche qui mettait en valeur son teint doré. Yannis eut un mouvement de défiance en le voyant obliquer dans sa direction. C'était sans doute encore un admirateur qui venait l'importuner. Le garçon enjamba une clôture à demi écroulée et entreprit de grimper jusqu'au muret de pierres sèches. Yannis nota qu'il avait une fine cicatrice au menton et que ses cheveux blonds étaient décolorés par le soleil.

« Bonsoir, dit le garçon. Tu es Yannis Voutyras, n'est-ce pas ?

– Non, répondit Yannis en expédiant d'une pichenette[1] une coque de pistache qu'il avait dans la main. Je suis son cousin. Qu'est-ce que tu lui veux, à Yannis ?

– Je m'appelle Périclès. Je suis le neveu de Boustraki Doulichion qui tient le kafénion sur le port. Je suis venu signaler à ton cousin que son oiseau était chez nous depuis un petit moment déjà. Dis-le lui, si tu le croises. Allez, salut ! »

Yannis laissa le garçon s'éloigner de quelques pas et s'écria :

« Minute ! Yannis, c'est moi ! Je t'ai menti parce que je croyais que tu venais m'importuner avec des questions. Où as-tu dit que mon oiseau était ?

– Sur le port, juste devant la terrasse du kafénion de mon oncle.

– Et il y a beaucoup de monde autour de lui ?

– Tout Vathy, ou presque. Je serais toi, je descendrais jeter un coup d'œil. La foule, c'est stupide. Ça peut faire n'importe quoi.

1. Petit coup.

– Merci de m'avoir prévenu, fit Yannis en sautant de son perchoir. Je fonce là-bas.

– Je t'accompagne. C'est moi qui fais le service en terrasse. J'ai dit à mon oncle que je montais te chercher, mais il doit commencer à trouver le temps long. »

Ils descendirent la rue Égirousses à grands pas.

« D'où es-tu ? demanda Yannis au garçon. C'est la première fois que je te croise à Vathy.

– J'habite Céphalonie. Mon oncle m'a embauché pour les vacances.

– Comment as-tu su que j'étais au moulin ?

– C'est un client qui me l'a dit. Il t'avait aperçu assis sur le muret. Tout le monde te connaît ici, à ce que j'ai cru comprendre.

– Oui, répondit Yannis avec une pointe d'amertume. Depuis hier, surtout. »

Une grande agitation régnait devant la terrasse du kafénion Boustraki. Le tout-Vathy était en effet accouru pour voir le grand oiseau blanc déambuler entre les tables. C'était la première fois que la vedette condescendait à frayer[1] avec les buveurs. Ceux-ci n'en menaient pas large et faisaient une tête crispée lorsque l'oiseau les frôlait de son long bec en dardant sur eux ses iris rouges. Quelques intrépides s'amusaient néanmoins à lui présenter des olives noires et toutes sortes d'amuse-gueule que le pélican mâchouillait ou rejetait selon sa fantaisie.

Yannis s'était arrêté à une cinquantaine de mètres du kafénion et il observait ce spectacle en hochant la tête. Il semblait consterné.

---

1. Fréquenter.

« Ils sont en train de lui donner n'importe quoi à manger ! C'est navrant !

– Je te l'avais bien dit, que la foule, c'est stupide. Viens, il est temps d'intervenir. »

Comme Yannis ne bronchait pas, Périclès lui prit le bras et s'écria :

« Eh bien ! Qu'est-ce que tu attends ? Avance !

– Si j'avance, ils vont m'applaudir et me porter en triomphe. Je préfère régler ça d'ici.

– Et comment ?

– Tu vas voir. »

Il porta ses doigts à sa bouche et lança un coup de sifflet modulé. Nicostratos reçut ce signal alors qu'il s'efforçait de déglutir une pistache. Il se figea et chercha Yannis des yeux parmi les buveurs. Un second coup de sifflet lui permit de localiser son maître à l'autre bout du quai. Alors, il écarta ses grandes ailes blanches frangées de rémiges noires et il prit son vol dans une détonation d'air qui balaya les tables en éparpillant les cendres des cigarettes dans les soucoupes d'olives. La foule poussa un grand « Ha ! » admiratif en le voyant passer au- dessus d'elle et glisser le long du quai comme un aéroplane.

Constantin Zervoudis, qui était attablé à la terrasse du kafénion, se redressa et désigna l'oiseau en s'écriant d'une voix hystérique[1] :

« Regardez ! Il va rejoindre Yannis, qui vient de le siffler ! Debout, tout le monde ! Allons saluer le jeune Voutyras !

– Assieds-toi, imbécile ! lui cria Photis Théokaras. Et boucle-la

---

1. Excitée.

un peu ! Si Yannis a rappelé son oiseau, c'est qu'il comptait être seul avec lui. Alors, tu vas me faire le plaisir de leur foutre la paix ! »

L'oiseau plana quelques instants au ras du sol et vint s'abattre à grand fracas devant Périclès, qui recula d'un pas en avalant sa salive.

« La vache ! bredouilla le jeune Céphalonien. C'est un morceau ! Vu de près, il est sacrément balaise !

– Quand je l'ai eu, il était tout petit. Il tenait dans un couffin. Mais depuis, il a bien profité. »

Nicostratos s'avança vers Yannis pour lui mordiller les lobes des oreilles. Son haleine empestait le hareng au vinaigre, car il venait d'en manger toute une soucoupe à la terrasse du kafénion. Le jeune garçon lui caressa les flancs et se pencha vers lui pour l'embrasser sur le bec.

« Tu es une bonne bête, lui dit-il. Mais il est temps pour toi de regagner la baie. »

Il claqua de la langue en désignant le ciel et, docilement, l'oiseau prit son vol. Tout le monde suivit des yeux le départ de la vedette. Puis on fit taire Barba Charalambos, qui s'apprêtait à rechanter pour la cinquième fois de la soirée le petit couplet qu'il avait composé en l'honneur des héros.

Périclès n'en revenait pas de s'être trouvé si près du magnifique pélican.

« C'est incroyable, ce qu'il est docile ! Il t'obéit au doigt et à l'œil !

– Je l'ai eu tout petit. Alors c'est normal. Mais quelquefois, il comprend de travers. Comme hier par exemple, sur le marché. »

Il allait ajouter quelque chose lorsqu'une grosse voix bougonnante s'écria :

« Périclès ! Tu vas me faire le plaisir de venir tout de suite prendre les commandes de ces messieurs qui te font signe depuis un quart d'heure. C'est peut-être l'usage à Céphalonie de faire attendre la clientèle. Mais chez Boustraki, personne n'est jamais mort de soif en appelant le garçon ! »

Périclès se tourna vers Yannis et lui fit un clin d'œil en disant :

« T'inquiète ! C'est mon oncle ! Il gueule beaucoup, mais il n'est pas méchant.

– As-tu entendu ce que je t'ai dit, petit voyou ? Ou faut-il que je vienne te le répéter à grands coups de pied aux fesses ?

– J'arrive, mon oncle ! s'écria Périclès. Je viens vers vous en planant, comme le pélican ! »

Il se tourna de nouveau vers Yannis et reprit :

« Bon. Il faut que j'y aille. Sans ça, il risque de crier à s'en rendre malade. Allez, salut Yannis. À la prochaine ! »

Les deux jeunes gens échangèrent une poignée de main et chacun s'en fut de son côté.

Un peu plus tard dans la soirée, une crépitante salve[1] d'applaudissements cueillit Démosthène par surprise au moment où il pénétrait chez Boustraki.

Le pêcheur marqua un temps d'arrêt sur le seuil du kafénion et regarda avec étonnement tous ces gens qui frappaient dans leurs mains en affichant de beaux sourires. Puis il demanda en fronçant les sourcils :

« Qu'est-ce qui vous prend de m'applaudir ? Ça ne va pas, la tête ?

---

1. Série.

– Si, très bien, répliqua Photis Théokaras. Comme tu le vois, nous avons organisé un petit apéritif en ton honneur, histoire de marquer le coup.

– Le coup ? Quel coup ? »

L'ancien boulanger eut un sourire et se tourna vers ses comparses[1].

« Ça recommence, leur dit-il. Je vous l'avais bien dit que c'était un coriace[2] ! »

Il prit un verre de vin blanc résiné sur une table et le tendit au pêcheur en ajoutant :

« Nous connaissons tous ta pudeur[3] naturelle, Démosthène. Mais tu peux cesser de jouer les modestes, maintenant que tout le monde connaît ton pélican. Tiens, bois un coup. C'est du vin blanc de Santorin. »

Démosthène prit machinalement le verre qu'on lui tendait. Il semblait un peu dépassé par les événements. Puis, tout à coup, il comprit le sens des paroles que Photis venait de prononcer et il jeta le verre en direction du comptoir en hurlant :

« Ah ! merde alors ! Est-ce que vous n'allez pas me foutre la paix, à la fin, avec cette saloperie d'oiseau ? »

Il rajusta sa casquette, tourna les talons et sortit du kafénion en claquant la porte, dont la vitre s'écroula à grands bruits. Par le carreau cassé, on le vit s'éloigner en direction de son triporteur. Boustraki posa calmement son verre de vin blanc sur le comptoir et s'élança derrière le vandale en disant :

---

1. Compagnons.
2. Dur.
3. Retenue.

« Cette fois, il a dépassé les bornes. Je vais lui dire ma façon de penser ! »

Il enjamba les éclats de verre, traversa la terrasse pleine de monde et interpella Démosthène au moment où ce dernier s'apprêtait à démarrer son engin.

« Tu commences à nous fatiguer, avec tes sautes d'humeur ! Si tu es fou, dis-le, et on te fera des tisanes d'angélique[1] ! Mais si tu n'es pas fou, explique-toi une bonne fois ! Qu'est-ce qui te prend d'entrer dans des colères terribles chaque fois qu'on te parle de ce pélican ? Tu ne l'aimes pas ? Il t'a saccagé ton jardin ? Il t'a mangé tes concombres ?

– Tu m'emmerdes, Boustraki ! Mêle-toi de ce qui te regarde. Et d'abord, de quoi parles-tu ? Il n'y a pas de pélican. Il n'y en a jamais eu et il n'y en aura jamais ! Est-ce que je me fais bien comprendre ?

– Franchement, non ! Tu devrais t'expliquer un peu mieux ! Parce que le pélican, tout le monde l'a vu, ici ! Il était à cette terrasse pas plus tard que tout à l'heure ! »

Démosthène sauta du triporteur et s'avança vers Boustraki en serrant les poings.

La colère lui hérissait la barbe et il avait les yeux tout brillants.

« Je n'ai pas de comptes à te rendre, articula-t-il en détachant bien chaque mot. Et je te prie de me foutre la paix. Car autrement, je pourrais fort bien te casser la gueule !

– Tu ne ferais pas une chose pareille, répliqua Boustraki en se campant sur ses jambes et en posant ses poings sur ses hanches. Et d'abord, qui te dit que tu en serais capable ?

1. Plante médicinale.

– Je suis plus fort que toi, et tu le sais.

– Tu étais plus fort que moi dans le temps. Mais j'ai grandi. J'ai pris du muscle…

– Allons, rentre balayer les brisures de verre qui jonchent ton kafénion. Ça vaudra mieux pour tout le monde.

– Je ne bougerai pas avant que tu te sois expliqué. Je te connais, tu n'es pas un mauvais homme. Seulement, depuis que Cassandre est morte, tu… »

Il n'eut pas le temps d'en dire davantage, car Démosthène lui expédia un crochet au menton, immédiatement suivi d'un coup croisé au foie, point faible des mastroquets[1]. Boustraki, asphyxié, porta ses mains à son flanc et tomba en avant dans les bras de Photis Théokaras, qui était accouru en voyant que les choses tournaient mal et qui s'écroula sous ce poids considérable. Démosthène enfourcha son triporteur et actionna la pédale de démarrage. Le moteur se mit à ronronner et l'engin s'éloigna en crachotant des panaches de fumée bleue.

« C'était une riche idée, cet apéritif d'honneur, grimaça Boustraki en se redressant avec l'aide de Constantin Zervoudis. On m'y reprendra, à essayer de faire plaisir…

– Oui, répondit Photis qui considérait tristement son chapeau aplati. Pour marquer le coup, on a marqué le coup ! »

Le lendemain matin de bonne heure, la petite chèvre Ivridichi vint ébranler[2] le volet de Yannis avec ses cornes. Ce n'était pas dans ses habitudes d'agir de la sorte, mais elle avait beaucoup brouté la

---

1. Marchands de vin, patrons de café.
2. Faire bouger.

veille au soir et la traite devenait urgente. Yannis se leva en pestant contre la sale bique et sortit dans le jardin. Le soleil était encore bas sur les collines mais, déjà, quelques cigales frileuses frottaient leurs pattes antérieures contre leurs élytres pour se réchauffer. Il s'allongea sous le quadrupède congestionné[1] et but une dizaine de traits de lait directement à la mamelle, histoire de se donner du courage. Après quoi il alla prendre un seau en fer blanc dans la remise. Il revint et soulagea la chevrette tout en terminant sa nuit, avachi sur son tabouret. Quand il eut fini de traire, il rentra se préparer deux tartines de pain humectées d'huile d'olive dans la cuisine. Il les mangea dehors, assis sur le pan de mur écroulé, en respirant son chèvrefeuille et en regardant le soleil raccourcir les ombres autour de la maison. Une petite brise de mer lui apportait le bruit du ressac mêlé à toutes sortes de bouffées aromatiques. L'œil mi-clos, il mâchonnait le doux pâton fruité en repensant aux événements de la veille et à la célébrité naissante de Nicostratos.

Un moment plus tard, il descendit au ponton avec Ivridichi, car il fallait tout de même travailler un peu. Toutes ces caisses pleines de filets endommagés qui s'accumulaient partout finissaient par lui donner mauvaise conscience. Avant de se mettre à l'ouvrage, il siffla son pélican. Mais la mascotte de Vathy ne daigna pas se montrer. Était-elle encore endormie dans son berceau de clématites blanches, à Myrta ? Ou déjà sur le port, à se pavaner au milieu des mangeurs d'olives ? Le jeune garçon ne s'attarda pas à creuser la question. Il ôta sa chemisette, sortit son couteau de sa poche et

1. Gonflé.

commença à étendre les filets sur le plancher de bois. Il travaillait depuis une bonne demi-heure lorsque le tac-tac du caïque paternel se fit entendre au débouquement de la baie. Démosthène rentrait de la pêche avec deux heures d'avance et rapportait de pleines caisses de poissons ! C'était bien la première fois qu'il n'allait pas vendre ses prises à la halle. Que comptait-il faire de toutes ces sardines et de tous ces maquereaux ? Des conserves ?

Yannis le regarda accoster et décharger sa marchandise. Il était partagé entre le désir de lui offrir son aide et la crainte de se faire rabrouer[1]. Finalement, il resta assis et se remit à ravauder pour se donner une contenance[2]. Le fougueux pêcheur multiplia les allers-retours entre le débarcadère et la remise avant de disparaître définitivement dans le bois de citronniers.

Vers dix heures, le jeune garçon soupira et referma son couteau. Le cal[3] protecteur qu'il avait sur la première phalange de l'index s'était aminci en un mois, par manque de pratique, et la jointure de son doigt était à vif. Il se leva et fit quelques pas sur le plancher déjà brûlant. Maintenant que Démosthène rôdait autour de la maison, il n'était plus question de siffler Nicostratos. Et puis, de toute façon, le cabotin[4] était hors de portée de ses appels. Sans doute mangeait-il des choses immondes à la terrasse du kafénion Boustraki. Pauvre oiseau ! Il finirait par se donner une indigestion d'anchois au vinaigre et il en claquerait ! Voilà où menait la gloire, quand on manquait de caractère ! Yannis haussa les épaules et

1. Repousser.
2. Maîtrise.
3. Rugosité.
4. Coquin, petit malin.

secoua tristement la tête. Puis il empocha son couteau et sauta au bas du ponton avant de s'éloigner sur la route de Vathy.

La terrasse de chez Boustraki était déserte, exception faite de trois petits vieillards qui y prenaient le café à la manière grecque, buvant de temps à autre une gorgée d'eau fraîche pour se délasser la langue. Périclès avait déroulé un long tuyau de caoutchouc et il était présentement occupé à arroser le trottoir, qui exhalait[1] une pénétrante odeur de serre chaude. Il avait grand air, avec sa chemisette blanche toute propre et ses pantalons au pli impeccable. Yannis l'aperçut et traversa le quai pour venir le saluer. Les deux jeunes gens échangèrent une poignée de main, puis Périclès posa son tuyau et demanda sans le moindre préambule :

« Alors ? Il est calmé ?

– Qui ça ?

– Ton père. Je suppose que ça a dû le détendre, de boxer mon oncle ? »

Yannis ouvrit de grands yeux et s'exclama :

« Qu'est-ce que tu dis ? Mon père a boxé ton oncle ?

– Mais oui ! Tu n'es pas au courant ? On ne parle que de ça depuis ce matin ! Il lui a foutu une trempe devant tout le monde et il a pété une vitre ! J'ai raté la bagarre, parce que j'étais parti faire une course à Kamari. Mais il paraît que ça a été vite réglé : un doublé gauche droite, et pof ! Expédié, le tonton ! Quand je suis rentré, il était allongé sur une table dans l'arrière-salle et ma tante pleurait

1. Laissait sentir.

en lui mouillant des compresses ! Elle parlait de monter à Pélikata avec le fusil.

– Pourquoi mon père a-t-il fait une chose pareille ? Il est devenu complètement fou !

– Il paraît que mon oncle est venu lui chercher des crosses[1]. Enfin, c'est ce qu'on raconte. Mais je me suis bien gardé de le questionner ! Il est déjà suffisamment fumasse de s'être fait envoyer au tapis sans que j'en rajoute. Tu bois quelque chose ?

– Merci, non. Je n'ai pas d'argent.

– T'inquiète ! C'est moi qui régale ! Assieds-toi un moment. Qu'est-ce que je te sers ? Un café ?

– Plutôt un jus d'orange, alors. Un petit…

– Un gros bien épais, tu veux dire ! Avec une soucoupe de pistaches en prime. Et pour moi, un café ! J'ai besoin d'un coup de fouet. Je me suis levé à cinq heures du matin pour servir du vin blanc résiné à toute une équipe de pochards qui partaient à la pêche. Ils avaient une telle tremblote que leurs gaules[2] s'entrechoquaient ! Ça faisait un bruit de castagnettes. On se serait cru à Guadalajara[3]…

– Le résiné, c'est une véritable saleté. En plus de puer l'essence de térébenthine, ça ronge les nerfs.

– Comme tu dis. Mais il y a un truc pour servir les ivrognes. C'est mon oncle qui me l'a appris. Le premier verre, tu le leur remplis à moitié seulement. Ils le boivent et leur tremblote s'arrête net. Alors tu peux leur remplir le second à ras bord sans qu'ils en renversent une goutte. En fait, le résiné, c'est comme le venin de ser-

1. Ennuis.
2. Cannes à pêche.
3. Ville et province espagnoles.

pent, il empoisonne mais il sert aussi d'antidote[1]. Bon ! Excuse-moi une minute, je reviens…

– Et si ton oncle me voit ?

– Il est couché, avec une poche de glace sur la tête et une bouillotte au côté droit. Alors, tu n'as rien à craindre ! Et puis, de toute façon, il n'a aucune raison de s'en prendre à toi ! C'est les parents qui sont responsables des bêtises de leurs enfants, pas l'inverse, que je sache ! »

Le jeune Céphalonien disparut dans le kafénion et en ressortit quelques instants plus tard avec un plateau chargé d'un grand verre de jus d'orange, d'un mazagran[2] de café grec et de toutes sortes de petits amuse-gueule appelés « mezedes » disposés dans des assiettes.

« Viens, dit-il à Yannis. Allons nous asseoir sous le platane. Comme ça, mon oncle ne pourra pas me surveiller de la fenêtre de sa chambre. »

Ils émigrèrent à l'ombre et Yannis fut aussitôt pris à partie par les trois petits vieux qui s'étaient installés en terrasse exprès pour admirer Nicostratos et qui s'indignaient de ne pas le voir paraître. Tout en disposant les boissons et les mezedes sur la table, Périclès leur signala que le kafénion ne faisait pas théâtre et que, par conséquent, ça ne servait à rien de se plaindre, car on ne leur rembourserait pas leur billet ! L'un des vieillards somma aussitôt le jeune Céphalonien de venir s'expliquer avec lui sur le quai et, pour l'impressionner, il fit mine d'ôter sa chemise. Naturellement, il resta

1. Antipoison.
2. Haute tasse à café.

empêtré dedans et on dut lui porter secours. Puis tout rentra dans l'ordre, et les trois aïeux se remirent à parler entre eux à voix basse en égrenant leur combologue[1].

« Qu'est-ce qu'ils s'imaginent, ces vieux pantins ? bougonna Yannis. Que je tiens Nicostratos attaché à un fil ? Ils prennent mon oiseau pour un cerf-volant, ou quoi ?

– Laisse-les dire, va ! Bois plutôt ton jus d'orange. »

Yannis empoigna son verre et plongea le nez dans la bonne marmelade sucrée. Puis il se torcha les lèvres d'un revers de main et demanda :

« Tu n'aurais pas aperçu Nicostratos, ce matin ? J'ai essayé de le siffler depuis chez moi, mais il n'a pas répondu.

– Désolé. Il n'est pas venu à Vathy. Autrement, je le saurais : le kafénion de mon oncle est un véritable bureau de renseignements !

– Il doit être occupé à pêcher quelque part. Tant mieux ! Je préfère le savoir loin du village.

– Tu crains qu'on ne lui fasse du mal ?

– Un peu. Oh ! pas par méchanceté, bien sûr ! Mais par bêtise et par ignorance. En lui donnant n'importe quoi à manger, par exemple. »

Périclès observa la surface de son mazagran de café pour voir si le marc avait enfin déposé.

« Le café grec, c'est bien joli, mais il ne faut pas être pressé. À Céphalonie, je ne bois que du café instantané.

– C'est quoi, le café instantané ?

---

1. Chapelet traditionnel grec.

– Une poudre brune qui transforme l'eau chaude en bon café bien parfumé. Tu en mets deux ou trois cuillerées dans une tasse, tu ajoutes ton eau et c'est prêt ! Un truc terrible ! »

Il décortiqua quelques pistaches, les croqua en grande friandise puis déclara, sautant du coq à l'âne :

« J'ai été épaté de voir combien Nicostratos était grand et beau ! C'est vraiment un magnifique volatile ! Il mesure combien, en hauteur ?

– Un mètre quarante. Mais il va encore grandir. Les pélicans blancs sont de très gros oiseaux, qui atteignent parfois le mètre soixante…

– Sans blague ! C'est dingue ! Qui te l'a donné ?

– On ne me l'a pas donné, je l'ai acheté.

– À qui ? »

Yannis, qui venait tout juste de mettre dans sa bouche un petit morceau de pain surmonté d'une lamelle de fromage, répondit tout en mastiquant :

« À une brute qui le martyrijait. Je l'ai ramené chez moi et je l'ai caché dans ma chambre. On a habité enchemble prechque un an. Cha crée des liens.

– Tu l'as payé cher ?

– Très. »

Il prit le temps de déglutir, porta sa main à son cou et reprit :

« Et d'ailleurs, je continue de le payer chaque jour…

– Tu l'as acheté à crédit ? s'étonna Périclès.

– En quelque sorte. Mais un crédit d'un genre particulier. C'est une histoire dont je préfère ne pas parler.

– J'ai été indiscret. Pardon.

– Ce n'est rien. Tu n'es pas d'ici. Il y a des choses que tu ignores. »

Comme le marc de son café semblait s'être enfin décidé à tomber au fond du mazagran, Périclès fit une seconde tentative tout en cherchant un sujet de conversation.

« As-tu des amis, à Vathy ? Je vois parfois des bandes de types qui jouent à la balle sur le port. Tu les connais ?

– Oui. Mais je ne les fréquente pas. J'ai horreur des jeux de balle. Et puis, avec tout le travail que j'ai à Pélikata, je n'ai guère le temps de m'amuser.

– C'est comme moi. Ici, j'ai un boulot monstre. Je cours toute la journée. Ça me fatigue, tu n'as pas idée…

– Trop jacasser fatigue la langue, c'est bien connu ! s'écria une voix qui semblait tomber du ciel. Sors un peu de dessous cet arbre, que je voie à quel point tu es épuisé de ne rien faire ! »

C'était le tonton Boustraki qui s'adressait à son neveu depuis la fenêtre du premier étage. Périclès marcha jusqu'à une tache de soleil qui éclairait la terrasse et leva les yeux vers ce *deus ex machina*[1] d'un nouveau genre en s'exclamant :

« Vous vous êtes levé, mon oncle ? C'est que ça va mieux, alors ! Vous allez pouvoir descendre me donner un coup de main…

– Je te donnerai plutôt un coup de pied quelque part si tu ne files pas tout de suite rincer les verres qui encombrent l'évier ! Non mais, qui m'a fichu un saisonnier pareil ? Tu crois peut-être que je

1. *Un dieu sortant d'une machinerie.* Allusion au théâtre et à ses illusions. Une surprise, quelqu'un qu'on n'attend pas.

t'ai embauché pour que tu te dores la pilule en buvant des coups en terrasse avec tes amis ? Elle est jolie, tiens, la mentalité de Céphalonie !

– Recouche-toi et dors, Boubou, fit la tante depuis le rez-de-chaussée. Si tu t'énerves, tu vas aggraver ton état.

– Je n'ai pas besoin de dormir ! Je suis en pleine forme ! Ce qu'il me faut, c'est un ouzo ! Un ouzo bien frais ! J'en rêve depuis hier soir !

– Le docteur a dit : “Pas d'apéritif, sous peine d'explosion du foie”.

– Et alors ? Tu lui fais confiance, toi, à ce charlatan ?

– Ce n'est pas un charlatan, c'est le meilleur docteur de l'archipel.

– C'est un ivrogne ! Il a la figure rouge comme le derrière d'un singe ! Je boirai mon ouzo, tu entends ? Et pas plus tard que tout de suite ! »

On entendit les volets se fermer. Puis un pas lourd ébranla le plancher de la chambre. Périclès se tourna vers Yannis en disant :

« Le voilà qui descend ! J'ai peut-être intérêt à aller faire cette vaisselle. Sans quoi, il va me mettre dans le premier bateau pour Céphalonie ! »

Il attrapa son mazagran et les assiettes de mezedes, avant d'ajouter d'un air faussement détaché :

« Finis ton jus d'orange tranquillement ! Moi, je boirai mon café à l'intérieur.

– Je préfère y aller aussi. Ton oncle a l'air vraiment en colère. Merci pour tout ! »

Il se leva et serra la main du jeune Céphalonien.

« Si mon oiseau passe chez toi aujourd'hui, ça t'ennuierait de veiller à ce qu'il n'avale pas de cochonneries comme hier soir ?

– Je serai vigilant, promis juré. Salut, mon ami. À la prochaine ! »

À cet instant, Boustraki parut sur le seuil du kafénion, un verre à la main. Il avait le menton enflé et la mâchoire inférieure un peu de travers, mais, nonobstant[1], il semblait en forme. Yannis estima toutefois plus prudent de prendre la tangente entre les tables et de s'éclipser sans demander son reste.

Il remonta à Pélikata par un chemin bordé de lentisques[2] et d'arbousiers. Les cigales, parfaitement réveillées, grésillaient dans les pinèdes et une forte odeur de résine parfumait l'air tiède tamisé par les feuillages des maquis. Quelques mouettes éblouies tournoyaient au-dessus de l'étendue ionienne. Il s'arrêta à plusieurs reprises pour siffler Nicostratos, mais celui-ci ne condescendit[3] pas à se montrer.

En arrivant à Pélikata, il trouva Démosthène en pleine activité. Le pêcheur était occupé à confectionner de longues guirlandes de poissons avec du fil et une aiguille de bourrelier. Quelques échantillons de son travail se balançaient déjà au soleil devant la remise. C'était donc ça, son idée ! Faire sécher son poisson ! Quelle mouche le piquait de se compliquer ainsi la vie ? Jusqu'alors, il avait toujours vendu le produit de sa pêche directement à la halle ! Le jeune garçon comprit tout à coup que son père préférait probablement ne pas reparaître au village pendant quelque temps, suite à la

---

1. Cependant.
2. Pistachiers.
3. Ne prit pas la peine.

bagarre. Il contourna le jardin en lui envoyant mentalement des messages de sympathie, mais le pêcheur ne daigna pas lever les yeux vers lui.

Il travailla au ponton une partie de l'après-midi en essayant de mettre de l'ordre dans ses idées. La douleur que lui causait le fil de nylon n'était rien en comparaison de celle que lui faisait son père en l'ignorant. Mais, après tout, il récoltait ce qu'il avait semé. N'avait-il pas commencé par bouder lui-même ? L'indifférence engendrait l'indifférence, voilà tout ! Il se força à serrer très fort ses nœuds pour expier toutes ses fautes et obtenir que Démosthène l'aime à nouveau. Vers cinq heures, un peu calmé, il fit un saut à Myrta. Il trouva son pélican occupé à pêcher à une cinquantaine de mètres du rivage. Apparemment, ce fainéant n'avait pas quitté la baie de toute la journée. Yannis se mit nu et plongea le rejoindre. Tous deux jouèrent dans les vagues jusqu'à la tombée de la nuit. Mais, au moment des adieux, Nicostratos s'envola dans le soleil couchant et mit le cap sur Vathy.

« La vache ! pesta Yannis en le regardant s'éloigner au-dessus des maquis. Il retourne bouffer des saloperies sur le port ! »

Il eut un instant d'hésitation sur la conduite à tenir et haussa finalement les épaules. Après tout, il ne risquait rien puisque Périclès avait promis de le surveiller. Il décida de s'en remettre au jeune Céphalonien et de rentrer dîner.

Le lendemain matin, il descendit en coup de vent prendre des nouvelles de Nicostratos au kafénion Boustraki.

Périclès lui raconta que l'oiseau avait obtenu un assez joli succès en se juchant sur une table pour picorer le nez de Barba Charalambos, qu'il avait sans doute confondu avec une fraise. Yannis demanda si son oiseau n'avait pas trop mangé d'anchois au vinaigre et Périclès lui assura que non. Un imbécile avait bien essayé de lui faire avaler un mégot froid, mais le jeune Céphalonien l'avait aussitôt pris à partie devant tout le monde et l'empoisonneur avait dû quitter la terrasse sous les huées. Non, vraiment, dans l'ensemble, tout s'était bien passé !

« Il y a un type qui te cherchait, ajouta Périclès. Un Anglais tout rouge, avec un appareil photo. D'après ce que j'ai cru comprendre, il aimerait te prendre en photo quand Nicostratos te mordille les oreilles. Il est prêt à payer pour ça ! Tu serais bien bête de refuser !

– Ça ne m'intéresse pas de poser pour les photographes, répondit Yannis en haussant les épaules. Qu'il garde son argent !

– Mais pourquoi ? Un billet par-ci par-là, c'est toujours ça de pris, non ?

– N'insiste pas. J'ai mes raisons.

– Tu as peur d'être ridicule, c'est ça ?

– Non. Mais si je dois gagner de l'argent, je veux que ce soit par mon travail.

– Poser, c'est du travail.

– Justement, non ! Rester immobile devant un imbécile qui vous tire le portrait, moi je n'appelle pas ça travailler ! »

Périclès eut un sourire.

« Posons le problème autrement, dit-il. Est-ce que ça t'ennuie de le faire ?

– Oui.

– Alors, c'est un travail ! Le travail, c'est de faire pour de l'argent quelque chose qui nous déplaît. Autrement, c'est du loisir. Tu saisis la nuance ? »

Yannis médita un instant ce sophisme[1]. Puis il considéra attentivement Périclès, dont la chemise blanche et les pantalons immaculés traduisaient une certaine aisance financière. Il hésita, se prit le menton dans la main et dit enfin :

« Tu n'as peut-être pas tort, après tout. J'aurais bien besoin d'un peu d'argent pour m'acheter des vêtements neufs. Combien a-t-il dit qu'il donnerait ?

– Trois mille drachmes !

– Si tu le revois, dis-lui que c'est d'accord. Mais pour une photo seulement. S'il en veut d'autres, il faudra qu'il repaye. »

Périclès fit une petite moue et balaya de la main sa mèche de cheveux blonds.

« Eh bien ! s'exclama-t-il. Toi, au moins, tu ne mourras pas dans la misère !

– Je fais le marché pour mon père, le mercredi. Ça aiguise le sens du commerce.

– Les marchés ? J'en ai tâté un peu, moi aussi, à Céphalonie. C'est du boulot !

– Pas pour moi.

– Pourquoi ? Tu aimes ?

– Au contraire ! Ça m'assomme ! Mais il ne suffit pas que ça embête, si j'ai bien compris ton système. Il faut en plus que ça rapporte. Et moi, ça ne m'a jamais rapporté un sou ! »

---

1. Raisonnement.

Après le repas de midi, une grosse salade de tomates et de concombres salée, poivrée, parfumée d'une gousse d'ail et d'un rayon d'huile d'olive, plus quatre sardines grillées et une assiette de gros haricots blancs appelés *gigantes*, Yannis éprouva le besoin de faire la sieste. Il gagna sa chambre en se frottant les yeux et s'allongea tout nu sur son lit. Une intense lumière dorée pesait de l'autre côté du volet clos, mais la petite pièce chaulée[1] de blanc avait su conserver une relative fraîcheur. Dehors, la brise de mer faisait crisser les herbes sèches et le chèvrefeuille lui-même languissait en jetant, de temps à autre, une faible bouffée parfumée. Toutes les odeurs du jardin et des collines s'exhalaient dans l'air sec qui vibrait aux stridulations[2] des cigales comme du sable secoué dans un tamis. Au loin, une atmosphère laiteuse voilait la masse verte de l'île de Céphalonie.

Yannis dormit comme un plomb jusqu'aux environs de quatre heures. Il s'éveilla en sursaut au bruit du triporteur paternel qui démarrait et descendit avec hébétude[3] se baigner au ponton.

L'eau tiède lui remit les idées en place. Comme il n'avait aucune envie de travailler à ses filets et que, d'autre part, il brûlait de parler des derniers événements avec Papa Kostas, il n'hésita guère avant de prendre le chemin de Prévéli.

Il pénétra dans le jardin du monastère et alla saluer le vieux prêtre, qui était en train de remplir un arrosoir d'eau à la pompe. Quoique la réverbération fût assez faible sous les arcades, le saint

1. Passée à la chaux.
2. Sifflements.
3. Abrutissement.

homme portait ses lunettes de soleil, dont les verres reflétaient le parterre d'hélianthèmes[1]. Sa barbe, qu'il avait lavée la veille, moussait en abondance autour de sa bouche et sur son cou.

« Bonjour, Yannis, s'écria-t-il tout en continuant d'actionner le manche de l'antique engin. Quel bon vent t'amène ?

– Je suis venu vous parler de plusieurs choses, Papa Kostas. D'abord, figurez-vous que mon père s'est battu avec Boustraki Doulichion…

– Je sais. Je suis au courant. Tu es peut-être la douzième personne qui me parle de ça depuis hier ! J'en ai discuté avec Boustraki devant un ouzo bien frais, pas plus tard que tout à l'heure. Il reconnaît qu'il a eu le tort de parler de Cassandre. C'est un sujet qu'on ne peut pas aborder impunément avec Démosthène et il le savait. Mais, dans le feu de la colère, il l'a un peu oublié. Il m'a dit qu'il présenterait ses excuses à ton père sitôt qu'il le reverrait. Tu vois, tout ça n'était pas bien méchant…

– Il risque de ne pas revoir mon père de sitôt. Figurez-vous que maintenant il ne va plus à la halle ! Il fait sécher son poisson et il le met dans des caisses. Je pense qu'il va le vendre au grossiste de Céphalonie. »

Papa Kostas cessa aussitôt de pomper et se redressa en s'exclamant :

« Ça, c'est embêtant ! Ton père n'avait déjà guère l'occasion de parler et de voir du monde. Il va maintenant vivre en parfait sauvage ! Ce n'est pas bon. Pas bon du tout… »

---

1. Fleurs d'un jaune luisant.

Il ôta ses lunettes et se mit à en mordiller les branches d'un air soucieux. Puis il abaissa ses yeux bleus sur Yannis et demanda :

« À propos, où en êtes-vous, tous les deux ? Ça s'arrange, vos petites affaires ?

– Oh non ! Pas du tout ! Il m'en veut toujours, à cause de la croix. Pourtant, il y a belle lurette que[1], de mon côté, je lui ai pardonné d'avoir chassé Nicostratos ! Mais lui, il a la rancune tenace ! Il est plus têtu qu'un Turc !

– Je n'aime pas beaucoup t'entendre parler ainsi des Turcs ! Certains ont fait beaucoup de mal aux Grecs, mais tous ne sont pas mauvais. Quant à ton père, il te pardonnera. C'est une question de temps.

– Vous dites ça à chaque fois. Et puis rien ne s'arrange jamais. Je ne vous en fais pas le reproche, mais je le constate… »

Papa Kostas grimaça à cause du soleil et remit ses lunettes en disant :

« Que veux-tu ! Les circonstances n'ont pas joué en notre faveur. En quelques semaines, Nicostratos et toi êtes devenus des célébrités sur le port. Ça agace ton père, de sentir que tu lui échappes…

– Au contraire ! Je suis sûr qu'il s'en fiche. Si je disparaissais complètement, il ne s'en apercevrait même pas !

– Tu ne penses pas ce que tu dis. D'ailleurs, Démosthène est finalement assez permissif[2]. Il pourrait t'enfermer dans ta chambre pour t'empêcher de voir l'oiseau et te forcer à travailler. Et, au lieu

1. Il y a longtemps que.
2. Qui laisse faire.

de ça, il te laisse vagabonder à ta guise. Penses-y un peu, de temps en temps.

– Je préférerais qu'il me boucle et qu'il me parle. Mais il ne me dit jamais rien. Il n'ouvre la bouche que pour me disputer ou me donner des ordres. J'en ai marre, archi-marre !

– Sois patient et indulgent ! Vous avez autant de fierté l'un que l'autre, alors tout ne peut pas s'arranger du jour au lendemain. Mais l'amour finit toujours par éteindre la haine. C'est une ancienne loi ».

Yannis se pencha et actionna la pompe afin de boire quelques gorgées d'eau fraîche au tuyau. Papa Kostas en avait de bonnes ! Il croyait peut-être que c'était facile, de vivre sous la coupe d'un barbu taciturne briseur de vitres et assommeur de mastroquets ! On voyait bien que ce n'était pas lui qui devait toute la journée dire amen à tout !

« Laissons un peu mon père de côté, si vous n'y voyez pas d'inconvénient, fit le jeune garçon en se redressant après s'être passé une poignée d'eau sur le visage. J'ai autre chose à vous dire. Figurez-vous que je me suis fait un ami !

– Un ami ? Ça, par exemple ! Et comment s'appelle-t-il ?

– Périclès Doulichion. C'est le neveu de Boustraki. Il habite Céphalonie, mais il travaille chez son oncle pendant les vacances. C'est un type très sympa…

– Un jeune blondinet au teint mat, avec une chemise blanche et des pantalons beiges ?

– Oui. Vous le connaissez ?

– Je l'ai aperçu ce matin à la terrasse de chez Boustraki. Il m'a fait une excellente impression.

– Je crois que je vais lui montrer la grotte de Myrta. Personne ne se doute que c'est la cachette de Nicostratos, à part vous, naturellement. Mais lui, j'aimerais le mettre dans la confidence…

– Quand on a un ami, c'est agréable de lui confier ses petits secrets. Car, au fond, rien n'est plus embêtant que de les garder pour soi ! Mais saura-t-il tenir sa langue ? Les garçons de kafénion parlent souvent à tort et à travers…

– Pas lui ! C'est un type bien. Je suis sûr que je peux lui faire confiance. D'ailleurs, pas plus tard qu'hier, il a pris la défense de Nicostratos alors qu'un imbécile essayait de lui faire manger un mégot de cigarette !

– C'est donc un ami véritable, que Dieu t'envoie pour te sortir de ta sauvagerie. Et c'est heureux, car tu avais besoin de vivre un peu avec les jeunes gens de ton âge. Les pélicans et les chèvres, c'est bien joli. Mais pour la conversation, rien ne vaut un être humain. »

Il prit un temps et rajusta ses lunettes qui avaient glissé sur son nez.

« Suis-moi ! reprit-il. Il y a dans le fond du jardin quelque chose que j'aimerais te montrer. »

Tout en prononçant ces paroles, il se pencha pour attraper l'arrosoir de cuivre.

Mais Yannis le devança et s'en saisit le premier en disant : « Laissez-moi faire, Papa Kostas. Ménagez-vous un peu. »

Le prêtre et le jeune garçon firent quelques pas le long des arcades, jusqu'à un tertre[1] d'herbe verte soigneusement tondue sur

1. Monticule.

lequel reposait une pierre plate couverte de poussière. Papa Kostas désigna ce monolithe[1] en disant :

« Voici un fragment de mosaïque très ancien, qui nous a été apporté par un paysan de Thimari l'année dernière. Nous l'avions entreposé dans la cabane à outils et je suis tombé dessus par hasard, ce matin, en cherchant un sécateur. Observe-le de très près. Il te réserve une surprise… »

Le jeune garçon s'agenouilla dans l'herbe et épousseta la dalle poudreuse. Elle était incrustée de milliers de petits fragments qui composaient une sorte de dessin. Mais le temps avait corrodé[2] ce minutieux assemblage de brisures qui ne présentait plus la moindre signification. C'était ça, la surprise de Papa Kostas ?

« Je ne vois rien, fit-il en se redressant. C'est trop abîmé ! Vous avez pu deviner ce que ça représentait, vous ? »

Pour toute réponse, le prêtre prit l'arrosoir et le renversa sur la dalle. L'eau ressuscita instantanément l'antique chef-d'œuvre et Yannis, ébloui, recula d'un pas en découvrant toutes les admirables couleurs qu'il croyait perdues.

La mosaïque représentait un paysage de bord de mer, avec, au premier plan, une étendue de petites pierres bleues et vertes disposées de manière à donner l'illusion du mouvement des vagues. L'artiste avait pris soin de parsemer d'éclats blancs cette étendue mouvante pour suggérer l'écume des crêtes. Au second plan, on distinguait une petite plage de sable incrustée de fragments rouges et verts qui étaient des lauriers en fleurs. Et, dans le fond du décor,

1. Pierre.
2. Usé.

une barre rocheuse d'un très beau gris, pailletée de noir et couronnée d'yeuses et de chênes-kermès. Un large pan de ciel occupait tout le haut du tableau. Il était tendu de cette ineffable[1] lumière violette caractéristique des îles de l'archipel ionien. Le tout respirait l'harmonie et le calme, quoique le dessin fût assez naïf et morcelé[2], comme toujours dans ces sortes d'œuvres.

« Ça ne te rappelle rien ? demanda Papa Kostas, qui jubilait[3] intérieurement. Il me semble pourtant que tu connais cet endroit... »

Yannis se pencha sur la mosaïque et l'examina de plus près. Cette barre rocheuse lui était vaguement familière, en effet. Et ces bouquets rouges et verts aussi. Mais l'ensemble n'évoquait rien de précis.

Il s'agenouilla dans l'herbe afin de scruter les moindres détails du tableau. C'était tout de même étonnant, cette plage fleurie. Il fallait nécessairement qu'il y ait quelque part un point d'eau douce, pour engendrer toute cette verdure ! Parvenu à ce point de sa réflexion, il remarqua de minuscules éclats bleus incrustés en lignes ondoyantes sur l'étendue de sable. C'était un ruisseau, qui serpentait discrètement parmi les lauriers-roses ! Il déplaça son regard de quelques centimètres et reconnut la grotte voilée par l'écran de clématites, sur la barre rocheuse.

« Myrta ! s'écria-t-il. C'est Myrta, ma parole ! Je la reconnais maintenant !

– Hé oui, pouffa Papa Kostas, tout fier de son effet. C'est la baie

---

1. Qu'on ne peut décrire.
2. Discontinu.
3. Se réjouissait.

de Myrta, en effet ! Mais telle qu'elle se présentait voilà trois mille ans. Elle s'est un peu modifiée depuis...

– Moi, je ne trouve pas. À part la végétation, rien n'a changé ! »

Le prêtre fronça les sourcils et se pencha sur la mosaïque, dont il désigna un angle.

« Il me semblait pourtant que cette portion de falaise qui occupe la partie droite du dessin s'était effondrée dans la mer...

– Pas du tout ! Elle existe encore ! Nicostratos s'y pose même parfois !

– Alors je perds la boule ! Je pensais qu'elle n'y était plus. Il faut dire que je ne suis pas retourné à Myrta depuis près de trente ans !

– Vous devez confondre avec une autre baie.

– Probablement. »

Une volée de coups de cloches ébranla soudain les portiques[1] du cloître et le prêtre consulta sa montre.

« Je vais devoir te quitter, mon petit. L'office m'appelle. Si je t'ai montré cette mosaïque, ce n'était pas seulement pour que tu aies plaisir à la regarder. Je voulais te faire comprendre quelque chose. Je suppose que tu as saisi ce que j'ai voulu dire ?

– Eh bien... À vrai dire, j'ai surtout admiré le dessin. Que fallait-il comprendre, Papa Kostas ?

– Que parfois une chose semble éteinte ou morte et que, pourtant, il suffit d'un arrosoir d'eau pour lui rendre ses jolies couleurs.

– Vous dites ça pour mon père ?

– Va savoir. Peut-être que oui. En tout cas, ne t'avise pas de lui renverser un arrosoir sur la tête ! Il le prendrait fort mal ! »

---

1. Colonnades.

Le vieux prêtre pouffa et tendit sa main au jeune garçon, qui embrassa dévotement[1] la bague sacerdotale. Puis il s'éloigna d'un pas nonchalant sous les arcades fleuries d'hélianthèmes, en fredonnant le *Kyrie Eleison*[2].

Les trois premières semaines du mois d'août passèrent comme un rêve. La renommée de Nicostratos s'était étendue hors des frontières de l'île et des touristes commençaient à faire étape à Vathy uniquement pour le prendre en photo. Chaque fois qu'un inconnu se présentait devant lui avec un appareil, l'oiseau prenait son vol ou se drapait dans ses ailes comme une vedette de cinéma surprise sans maquillage. Il avait parfaitement assimilé les leçons de Yannis et refusait d'être photographié seul. On priait donc le jeune garçon de bien vouloir poser avec son pélican. Il commençait toujours par refuser en prétextant qu'il devait rentrer aider son père. C'était une manière de faire comprendre aux clients qu'une petite rétribution[3] compensatoire s'avérait nécessaire. Ayant obtenu ce qu'il voulait, il sifflait Nicostratos et se mettait au travail. Parfois, les deux compères mimaient une bagarre. Mais le plus souvent, Yannis se laissait simplement mordiller les oreilles. Et, en dix minutes, il gagnait plus que Démosthène en un mois ! La vie lui paraissait merveilleuse, quoiqu'un peu absurde par certains côtés.

Il se trouva bientôt à la tête d'une véritable petite fortune et renouvela entièrement sa garde-robe, achetant des chemises

1. Avec un zèle religieux.
2. Formule de la liturgie catholique qui signifie « Seigneur, prends pitié de nous. »
3. Paie.

blanches et des pantalons beiges semblables à ceux de Périclès. Mais il ne put se résoudre à chausser les espadrilles que lui vendit Aristidès Papadopoulos, rue Patission. Ces sacs de tissu étrangleurs d'orteils étaient vraiment trop incommodes ! Il continua donc d'aller nu-pieds dans ses magnifiques vêtements, ce qui lui donna une allure excessivement baroque[1], comme on peut l'imaginer.

Chaque soir, après son travail au ponton, il descendait retrouver le jeune Céphalonien à Vathy. Les deux garçons s'installaient à l'ombre d'un platane, en terrasse, et ils discutaient un moment devant un verre de jus d'orange tout en décortiquant des pistaches. Puis Nicostratos se posait sur le quai dans un nuage de poussière et tous les regards se tournaient vers lui. Il traversait la terrasse en faisant des amitiés aux habitués du kafénion et venait saluer Yannis, qui lui offrait quelques sardines séchées directement issues de la production paternelle. L'oiseau n'avait jamais très faim à cette heure-ci, ayant pêché toute la journée. Mais, pour ne pas froisser son maître, il acceptait ces petites friandises pleines d'arêtes. Il les plaçait dans sa poche et s'éloignait entre les tables avec des dandinements affectés et de comiques hérissements de huppe. Les joueurs de dominos interrompaient leur partie pour le caresser, et le cabotin paraissait si satisfait d'être complimenté sur la couleur de son bec, l'élasticité de sa poche et la beauté de son plumage que Périclès chuchotait à Yannis :

« Il n'en peut plus ! Il va nous pondre un œuf ! »

Au bout d'un moment, l'oiseau finissait tout de même par se lasser de ces flatteries. Il crachait alors ses sardines dans le verre de

---

1. Étrange.

Barba Charalambos et revenait se coucher près de la chaise de son maître, dont il ne s'écartait plus de la soirée.

Les après-midi où il avait quartier libre, Périclès accompagnait Yannis et Nicostratos à Myrta pour des parties de pêche à la langouste. Au début, il ne montra guère de dispositions pour cet exercice. Il n'était pas capable de retenir son souffle assez longtemps. Et, d'autre part, l'eau de mer lui paraissait trouble en comparaison de celle qui remplissait la piscine de sa ville natale. Yannis ignorait ce qu'était une piscine et fut stupéfait d'apprendre qu'il s'agissait d'un immense bassin rempli d'eau douce. Jamais il n'aurait imaginé qu'on pût gaspiller pour le bain une denrée[1] aussi précieuse ! Il lui fallut dix bonnes minutes pour digérer cette sidérante information. Quand il fut remis de ses émotions, il montra à Périclès comment plonger en serrant une pierre dans ses bras, et comment se saisir des langoustes en les attrapant par leurs longues antennes. Le jeune Céphalonien suivit ses conseils et pêcha enfin son premier repas. Il n'eut pas la moindre difficulté à établir un lit de braises entre trois cailloux pour cuire ses moitiés de crustacé badigeonnées d'huile d'olive. On eût juré qu'il avait fait ça toute sa vie. En revanche, il se révéla rigoureusement incapable de tirer la moindre goutte de lait au pis de la chevrette Ivridichi, que Yannis lui présenta un matin au ponton. Il eut beau presser et étirer en tous sens la mamelle du petit quadrupède, rien n'en sortit. Pourtant, Yannis obtenait aisément des jets blancs qui fusaient dans son poing en cinglant la tôle du seau. C'était à n'y rien comprendre ! Il s'obstina une demi-heure, puis envoya tout promener en disant :

1. Réalité, chose.

« Pas la peine que j'insiste. Elle se retient ! »

Yannis n'avait jamais été aussi heureux de sa vie. Le matin, il éclatait de rire tout seul au milieu de ses filets en repensant à une facétie de Nicostratos ou à un bon mot de Périclès. Et le soir, dans son lit, il se dépêchait de fermer les yeux et de s'endormir afin que le lendemain lui apporte le plaisir de retrouver ses amis. L'indifférence de son père avait cessé de l'affecter. Il n'y faisait plus attention. Bien sûr, il avait mauvaise conscience de voir le pêcheur travailler toute la journée à sécher ses poissons pour quelques malheureuses centaines de drachmes, lui qui avait des liasses de billets plein les poches de ses pantalons neufs. Mais que pouvait-il faire pour changer cet aberrant[1] ordre des choses ? S'il avait eu le toupet de proposer à Démosthène une aide financière, celui-ci eût certainement fort mal pris la chose. Mieux valait se taire et attendre que tout rentre dans l'ordre, comme l'avait suggéré Papa Kostas.

Un soir du mois de septembre, aux environs de cinq heures, Yannis et Périclès discutaient à la terrasse du kafénion Boustraki en savourant une granita, sorte de sorbet délicieusement parfumé et rafraîchissant, lorsque leur attention fut tout à coup attirée par des jappements rauques accompagnés d'un grand fracas d'ailes. Ils détournèrent les yeux vers le quai et eurent la stupéfaction de voir Nicostratos aux prises avec un petit garçon qui gisait dans la poussière et qui essayait tant bien que mal de se protéger le visage avec ses mains. L'oiseau était juché sur lui et grognait en le fixant de ses

---

1. Absurde.

iris rouges. Il semblait prêt à lui fendre le crâne en deux au premier mouvement suspect.

Yannis se redressa et lança un coup de sifflet qui coupa net l'attaque du pélican.

« Nicostratos ! lui cria-t-il. Écarte-toi ! »

Délaissant sa petite victime, le pélican recula de quelques pas. Il ne comprenait pas ce que son maître lui reprochait, mais, au ton que celui-ci venait d'employer pour lui parler, il devinait qu'il avait fait une grosse bêtise. Voyant que, de plus, Yannis s'avançait vers lui en claquant de la langue et en désignant le ciel d'un air furieux, il prit son vol sans se poser de questions et disparut au-dessus des toits.

« Est-ce que tout va bien ? demanda Yannis au garçonnet en l'aidant à se relever et à épousseter ses vêtements. Tu n'es pas blessé, au moins ? »

L'enfant ne répondit pas tout de suite. Il était encore sous le choc de l'agression qu'il avait subie. Après avoir reniflé un grand coup et hoqueté en aspirant l'air, il bredouilla faiblement :

« Je crois que ça va…

– Mon oiseau ne te voulait pas de mal, tu sais. Il a fait ça par jeu. C'est un gros farceur. Si on le taquine, il démarre au quart de tour !

– Je ne l'ai pas taquiné ! C'est lui qui m'a attaqué ! Il m'a donné un coup avec son aile et je suis tombé…

– Il me le fait souvent à moi aussi, dit Périclès, qui parut sur ces entrefaites. C'est une sorte de blague qu'il affectionne. La première fois, ça fait drôle. Mais ensuite, on s'habitue…

– Il est monté sur moi et il m'a donné des coups avec son bec. Si je n'avais pas mis mes mains sur mes yeux, il me les aurait crevés !

– Mais non, voyons ! protesta Yannis. Il n'a jamais crevé les yeux de personne ! Quand on se protège la figure, il comprend justement que nos yeux ne risquent plus rien et il s'amuse à faire semblant de vouloir les crever. Mais sitôt qu'on écarte les mains, il s'interrompt. Essaye, la prochaine fois.

– J'espère qu'il n'y aura pas de prochaine fois ! s'écria le petit garçon. J'ai eu si peur que j'ai fait pipi dans ma culotte ! »

En effet, il avait une petite tache sombre sur ses pantalons, à hauteur de l'aine.

« Tiens ! fit Yannis en lui tendant un billet de cinq mille drachmes. Tu t'achèteras une glace chez Jani. Quand on a eu chaud, une glace rafraîchit toujours les idées.

– Il y a assez, pour une glace ? demanda le petit garçon en examinant le billet.

– Il y a assez pour dix glaces ! répondit Périclès amusé. Jani doit te rendre quatre mille cinq cents drachmes. Tu sais compter, au moins ?

– Oui, bien sûr !

– Fais voir.

– Un, deux, trois, sept, quatre… huit… neuf…

– Hum ! Quand tu auras acheté ta glace, viens nous montrer la monnaie. On la recomptera ensemble. Et si Jani t'a roulé, on lui enverra Nicostratos ! D'accord ? »

Le petit garçon s'éloigna vers la boulangerie, tandis que les deux jeunes gens regagnaient leur table. Les granitas avaient fondu et Périclès dut s'absenter quelques minutes pour aller en confectionner deux autres au comptoir. Quand il reparut avec ses coupes, Yannis était plongé dans un abîme de réflexion.

« Mange pendant que c'est frais, dit-il en lui tendant sa glace. Et arrête un peu de te faire du souci. Le gamin a encore ses deux yeux, que je sache.

– Ce n'est pas lui qui m'inquiète. C'est Nicostratos. Je me demande si on n'est pas en train de lui détraquer les nerfs, avec nos histoires de photos. Il voit trop de monde, il devient trop familier…

– Et alors ? Où est le mal ? Tu préférerais qu'il vive en sauvage à Myrta ?

– Franchement, oui ! Ce serait plus normal.

– Tiens donc ! Et pourquoi, s'il te plaît ?

– Parce que les pélicans sont des bêtes sauvages, faites pour vivre loin des hommes.

– Tu parles ! Nicostratos adore la compagnie. C'est le pélican le plus sociable que j'aie jamais rencontré !

– Tu en as rencontré beaucoup ?

– Non, un seul. Mais c'est pour dire qu'il est vraiment gentil. Même aux inconnus, il témoigne de la tendresse…

– Oui, à coups de bec dans les yeux !

– Tu noircis un peu le tableau, non ? Il jouait…

– Toi et moi le savons, mais le petit garçon de tout à l'heure l'ignorait et il a eu si peur qu'il a fait pipi dans sa culotte ! Tout ça finira mal, je te le dis.

– Cassandre ! »

Yannis ouvrit de grands yeux.

« Pourquoi tu me parles de ma mère ?

– Ta mère s'appelle Cassandre ? Je l'ignorais. Je voulais parler de l'autre Cassandre, la prophétesse de malheur.

– Je n'en ai jamais entendu parler. Mais pour en revenir à Nicostratos, je te jure que je serais bien soulagé s'il cessait de venir à Vathy.

– Populaire comme il est, tu peux être sûr que s'il cessait de venir, les gens iraient le chercher. Alors, autant que ça se passe ici et qu'on puisse surveiller. »

Sur ces entrefaites, le petit garçon reparut pour faire compter sa monnaie. Il ne lui restait que deux mille drachmes. Mais il arborait un magnifique sourire et portait trois cornets glacés dans chaque main.

L'automne arriva sans que Nicostratos ait renouvelé ses tristes exploits. L'admonestation[1] de Yannis semblait avoir porté ses fruits. Il filait doux et ne se permettait plus la moindre familiarité avec les enfants qu'il croisait sur le port. Tout au contraire, il faisait des détours compliqués pour les éviter. Et lorsque d'aventure l'un d'entre eux s'approchait de lui dans l'intention de le caresser, il prenait aussitôt son vol, préférant fuir que de risquer un nouvel incident. Il n'avait cependant pas perdu sa bonne humeur et continuait de manifester un grand entrain lors des séances de pose. À ces occasions, on le voyait donner la pleine mesure de son exubérance[2]. Il décollait à la verticale avec un bruit d'hélicoptère et voletait devant son public en crachant des jets d'air et en clignant ses yeux rouges. Puis il fondait brusquement sur son maître, qui s'écroulait avec un cri rauque. Les deux complices roulaient sur le quai en feignant

1. Avertissement.
2. Excès de vitalité.

d'échanger des horions[1], à la stupéfaction des badauds, qui en oubliaient d'actionner le déclencheur de leur appareil. Puis Yannis se redressait en époussetant sa chemise et il passait dans les rangs pour empocher les billets. Parfois, c'était Périclès qui se chargeait de collecter ces oboles[2]. « For the show, please ! » articulait-il avec un fort accent grec tout en promenant parmi les spectateurs commotionnés un vieux chapeau de cuir bouilli. « Efcharisto[3] ! »

Vers la mi-septembre, Démosthène reçut la visite de Pistachios Karapanou, le vigneron de Tzikidès qui venait l'embaucher pour les vendanges moyennant une modeste rétribution sous forme de bouteilles de vin résiné.

Le pêcheur aimait beaucoup l'ambiance des vendanges, qui le délassait des sempiternelles journées en mer. C'était en quelque sorte ses grandes vacances à lui. Il portait avec plaisir le lourd panier de jonc sur les coteaux les plus abrupts et n'était pas le dernier à vider son gobelet de rouge lorsque, le soir, tout le monde se retrouvait à la ferme de Pistachios pour la traditionnelle dégustation du cru Karapanou. Comme, de plus, il mettait un point d'honneur à rentrer ensuite chez lui, il n'était pas rare qu'il passât la nuit à la belle étoile, enroulé dans une couverture près de son triporteur renversé dans le fossé.

En l'absence du pêcheur, Périclès montait voir Yannis tous les jours à Pélikata. Le jeune Céphalonien était un peu attristé à la pen-

1. Coups.
2. Dons.
3. Merci.

sée que bientôt il devrait retourner à l'école dans son île. Il aurait volontiers passé le restant de ses jours à travailler chez son oncle et à pêcher les langoustes dans la baie de Myrta.

Hélas, c'était impossible, et les deux jeunes gens le savaient bien. Ils évitaient donc d'aborder la question et profitaient des derniers beaux jours pour se promener dans les collines fleuries de cyclamens, sous une mélancolique lumière automnale rousse et bleue.

Une nuit qu'il dormait tout seul dans la maison de Pélikata, Yannis eut un songe d'une singulière étrangeté. Il se trouvait sur la plage de Myrta en plein midi et, tout à coup, un nuage passait devant le soleil, plongeant la baie dans la nuit. Par une sorte de prodige, de gros flocons blancs commençaient alors à tomber du ciel, dans le silence et la désolation. Le jeune garçon restait debout sous cette averse blanche, le cœur broyé d'une affreuse prémonition[1]. Puis il baissait les yeux pour regarder la neige et il tressaillait d'horreur en constatant qu'elle était tachée de sang.

Il s'éveilla au raffut que fit Démosthène en se prenant les pieds dans une chaise et en basculant contre le buffet. Le vaillant vendangeur n'avait pas versé dans le fossé, pour une fois, mais il ne trouvait plus la porte de sa chambre. Yannis l'entendit jurer à mi-voix, puis craquer une allumette et fredonner une chanson dénonçant l'inconduite d'une certaine Angéliki, bonne du curé, qui détournait vers des voies pénétrables les cierges consacrés à Dieu. Il y eut ensuite toute une série de menus chocs difficilement iden-

---

1. Pressentiment.

tifiables, puis un complet silence après que quatre-vingts kilos de viande saoule se furent abattus sur le sommier à ressorts pour un repos bien mérité.

Le jeune garçon alluma sa lampe à pétrole et se leva sans bruit. Il était encore plein de la poignante tristesse que lui avait communiquée son rêve. Il alla dans la cuisine se préparer un verre de lait de chèvre sucré au miel, qu'il but assis sur le seuil de la maison en regardant les étoiles ciller[1] sur la baie de Pélikata. Les cigales s'étaient tues et on entendait seulement le bruit de la mer qui renâclait[2] en contrebas du bois de citronniers. Une forte odeur de terre et d'herbes sèches montait du jardin illuminé. Ivridichi dormait sur sa litière près du pan de mur et, dans son sommeil, elle agitait ses pattes, car elle rêvait qu'elle parcourait le maquis. Yannis se demanda quelle signification pouvait avoir ce songe de neige qui lui avait causé tant de peine. Probablement aucune. Ce n'était pas la première fois qu'il faisait un rêve sans queue ni tête, témoin celui où il avait vu Démosthène poursuivre Nicostratos dans la grotte de Myrta.

Au bout d'un moment, il frissonna, saisi par la fraîcheur de l'air. Il se leva et fit quelques pas dans le jardin. De grosses planètes nyctalopes[3] clignotaient sur les collines et une chouette mélancolique donnait de la profondeur à la nuit. À quoi bon s'inquiéter, alors que tout était si calme ? Il haussa les épaules et rentra se coucher.

La journée du lendemain fut entièrement consacrée aux devoirs.

1. Clignoter.
2. Respirait bruyamment.
3. Qui voient la nuit.

Le jeune garçon, qui n'avait plus ouvert un livre depuis des semaines, gardait un cuisant souvenir de la dernière dictée avec Papa Kostas. Celle-ci s'était en effet révélée si catastrophique que le saint homme avait fini par lui sonner les cloches, ce qui est d'ailleurs dans la tradition des monastères. Il repassa donc ses leçons avec beaucoup de sérieux, ne s'interrompant que pour déjeuner d'une tomate et d'une tartine de fromage aux environs d'une heure. Quand il sortit prendre l'air dans le jardin, en fin d'après-midi, il fut surpris de voir combien le soleil était déjà bas sur l'horizon. Il rentra fermer ses livres et descendit au ponton, où ses filets l'attendaient.

Cependant, à Vathy, Nicostratos venait tout juste de se poser devant la terrasse du kafénion Boustraki et il contemplait mélancoliquement la chaise vide de son maître. C'était la première fois que ce dernier lui faisait faux bond à l'heure du goûter. Après avoir mordillé les pieds de la table en fouettant l'air pour bien marquer son mécontentement, il alla trouver Périclès, qui était en train d'encaisser une tournée d'ouzo sous le platane. Il le salua d'un léger coup de bec entre les omoplates et le jeune Céphalonien, qui ne l'avait pas entendu venir, fit aussitôt volte-face, son plateau entre les mains.

« Tu es dingue, non ? Ça ne va pas, de faire des coups pareils ! J'ai failli renverser tous mes verres ! »

L'oiseau le fixa quelques instants de ses iris rouges puis écarta ses grandes ailes et montra ses rémiges noires avec une expression qui signifiait : « Et ça ? Est-ce que tu l'as vu ? » Après quoi il s'éloigna entre les tables d'un air mécontent.

« Va t'installer à la chaise de ton maître, lui cria Périclès. Il ne devrait plus tarder. »

Dédaignant ce conseil amical, le pélican traversa la terrasse et disparut à l'angle de la rue Aristokléous.

Il erra un moment dans le quartier de Kamari en claquant tristement du bec à l'adresse des passants qui s'approchaient de lui pour le caresser. Il n'avait de goût à rien et toutes ses pensées étaient tournées vers Yannis, dont l'absence le perturbait manifestement beaucoup.

Comme il traversait les ruines de l'ancienne agora, un homme trapu, portant de vieux pantalons noirs et une chemise bleue décolorée par le soleil, parut au débouché d'une arcade. C'était un pêcheur d'éponges de Zante, débarqué le matin même pour écouler ses marchandises sur le port de Vathy. Il avait à la main une gaffe[1] neuve qu'il venait d'acheter au bazar de la rue Patission. Nicostratos eut un mouvement de défiance mêlée d'agacement à la vue de ce barbu armé qui ressemblait étonnamment à Démosthène. Puis, tout à coup, sans qu'on sache pourquoi, un spectaculaire accès de rage lui ébouriffa toutes les plumes et il se mit à gratter le sol avec ses pattes. Dans sa tête, quelque chose avait basculé. Il avait devant lui l'ennemi juré, celui qui s'était toujours ingénié à les séparer, lui et son maître. Il hérissa sa huppe et s'avança vers l'inconnu en écartant les ailes et en gonflant le cou. Cette fois, le maudit barbu allait regretter d'être venu lui chercher querelle une fois de trop.

---

1. Perche.

Une demi-heure plus tard, Périclès parut à la lisière du bois de citronniers. Il venait de courir d'une traite depuis Vathy et son visage ruisselant de sueur reflétait une grande tristesse. Apercevant Yannis qui ravaudait ses filets sur le ponton en contrebas de l'éboulis des roches volcaniques, il mit ses mains tachées de sang en porte-voix autour de sa bouche pour hurler :

« Yaaaaaaaa-nniiiiiis ! »

Puis il s'élança à travers le maquis, en continuant de crier le nom de son ami. Ce dernier ne l'entendit pas tout de suite, à cause du ressac de la mer qui couvrait tous les bruits. Mais, tout à coup, une sorte de pressentiment lui fit lever les yeux et il tressaillit en découvrant le jeune Céphalonien, debout devant lui, qui le regardait d'un air infiniment doux. Il comprit tout de suite que quelque chose de grave s'était produit.

« Quoi ? demanda-t-il en se levant et en le prenant par les épaules. Qu'est-ce qui se passe ?

– Oh, mon vieux ! haleta Périclès. Mon vieux !...

– Mais quoi, Périclès ? Parle ! Je t'écoute !

– C'est Nicostratos… Il est blessé… Un type l'a frappé avec un bâton… »

À ces mots, Yannis devint tout pâle. Il avala sa salive et demanda :

« Où est-il ?

– Sur le port. Dans l'ancienne agora.

– C'est grave ? »

Périclès regarda de nouveau son ami en s'efforçant de maîtriser le tremblement spasmodique[1] de ses lèvres. Mais il ne répondit mot.

1. Convulsifs, incontrôlables.

Quand les deux jeunes gens parurent sur le lieu du drame, de nombreuses personnes faisaient déjà cercle autour du pélican blessé. La nouvelle de la catastrophe s'était propagée dans tout Vathy comme le feu à une traînée de poudre. Boustraki Doulichion était là, ainsi que Barba Charalambos et Nicéphoré Kondoglou. Il y avait également Papa Kostas, qui était accouru in extremis pour calmer les esprits et empêcher le lynchage[1] du pêcheur d'éponges. Il se tenait parmi ses ouailles et hochait tristement la tête en égrenant son combologue. Tout le monde semblait consterné. Un grand silence régnait sur l'agora.

Yannis fendit la foule et s'avança vers son oiseau. Celui-ci gisait sur le sol, les yeux mi-clos et du sang plein les plumes. Il avait les deux ailes brisées et sa huppe n'était plus qu'une bouillie rougeâtre mêlée de charpie duveteuse. Mais il respirait encore faiblement. En apercevant son maître, il eut un sursaut et essaya de se lever. Hélas, ses pattes ne le portaient plus. L'une d'elles était complètement tournée vers l'arrière et l'autre pendait de côté, fracturée en deux endroits. Yannis s'agenouilla près de lui et le contempla en s'efforçant de maîtriser les ondes de sanglots qu'il sentait naître dans sa poitrine. Puis, après quelques secondes d'hébétude, il se prosterna et posa sa joue contre le bréchet[2] de l'oiseau afin que celui-ci puisse lui mordiller une dernière fois l'oreille. Le pauvre était si faible qu'il eut à peine la force d'entrouvrir son bec. Mais il se livra tout de même à un simulacre de mâchonnement dans lequel on voyait bien qu'il mettait toute sa tendresse.

---

1. Mise en pièces.
2. Partie saillante de la poitrine d'un oiseau.

Après qu'il eut fini, Yannis le souleva délicatement dans ses bras et se mit debout. Spontanément, tout le monde s'écarta pour leur laisser le passage. Ils traversèrent l'agora et s'éloignèrent en direction des quais. Périclès eut un mouvement pour les rejoindre, mais Papa Kostas lui barra le passage avec sa crosse en disant :

« Laisse-les. Ils n'ont pas besoin de nous. »

Yannis remonta lentement à Pélikata. Il marchait sans penser à rien, sous un soleil de cendre, et trébuchait de temps à autre à cause du bec de Nicostratos qui se mettait en travers de ses jambes. Autour de lui, les cigales murmuraient des hymnes[1] funèbres. Un grand vent sombre agitait les cimes des pins d'où s'envolaient, comme des plumes d'ange, les cocons blancs des chenilles processionnaires.

Il traversa le jardin d'un pas mécanique et entra dans la maison. Démosthène, qui était en train de préparer le dîner, le vit tout à coup paraître, son grand oiseau ensanglanté dans les bras. Il se figea, hébété de surprise, une tomate à la main. Yannis s'avança vers lui et entrouvrit les lèvres pour parler, mais aucun son ne sortit de sa bouche. Sa détresse était si profonde qu'il ne trouvait pas de mots pour l'exprimer. Démosthène comprit pourtant parfaitement ce que son fils attendait de lui. Il jeta sa tomate par-dessus son épaule et balaya la table d'un revers de main en disant :

« Pose-le ici. Je vais regarder ce qu'il a ! »

Yannis allongea délicatement son pélican sur le plateau de bois. L'oiseau avait fermé les yeux et il haletait avec de faibles râles.

---

1. Chants.

Démosthène lui palpa les ailes et les pattes. Puis il insinua ses doigts aux commissures du bec afin de désobstruer[1] l'arrière-gorge, qui était encombrée de plusieurs gros caillots de sang. Le volatile toussota et eut un spasme. Il ouvrit les yeux et reconnut le décor familier de la petite cuisine. La cage de bois grillagée était toujours suspendue au plafond parmi les tresses d'ail et les bouquets de plantes aromatiques. Il écarta les ailes, comme pour se redresser, et bascula sur le côté avec un affreux bruit de gorge. Démosthène hocha tristement la tête.

« C'est fini, murmura-t-il en se tournant vers son fils. Il est mourant. Le mieux que tu puisses faire, c'est d'abréger ses souffrances. »

Le jeune garçon chancela sous ce verdict[2] comme sous une paire de gifles. Il s'avança, hagard, et se pencha sur la table pour frotter une dernière fois sa joue au bec de l'oiseau. Puis il tourna les talons et sortit dans le jardin.

Quelques instants plus tard, Démosthène parut. Il portait le grand oiseau dans ses bras.

« Je l'emmène, dit-il. Je te promets qu'il ne sentira rien. »

Il descendit vers le ponton et Yannis entendit démarrer le caïque. Alors, des milliers de petites aiguilles de glace lui criblèrent brusquement l'échine et il ressentit de térébrantes[3] douleurs à l'aine et aux tempes. Il se tourna vers le jardin devenu bleu en s'étonnant de ce que l'angélus sonne si près de la maison. L'instant d'après, il tombait évanoui sur une touffe de thym.

---

1. Dégager.
2. Constat.
3. Aiguës.

4

Lorsque le pêcheur rentra, deux heures plus tard, il trouva son fils allongé dans l'herbe à la lisière du jardin. Ivridichi était venue se coucher près de lui et elle bêlait d'une voix lugubre, car elle croyait qu'il était mort. Il faut dire qu'avec sa chemise blanche tachée de sang et sa pose alanguie, le jeune garçon avait davantage l'air d'un pirate crétois victime d'un coup d'épée au ventre que d'un enfant évanoui.

Démosthène prit l'enfant dans ses bras et le porta dans la maison. Il le déshabilla et l'allongea sur le lit en bois d'olivier. Puis il le frictionna avec une compresse imbibée d'eau tiède afin de le débarrasser du sang séché qui lui vernissait les bras et la poitrine. Cette opération délicate l'occupa jusqu'à la tombée de la nuit. Enfin, il prit un vieux maillot marin dans le coffre à linge et il l'habilla maladroitement avant de le border et de quitter la chambre sur la pointe des pieds. Dehors, le soir tombait. Une ardente lumière rousse frappait les feuillages des citronniers qui moutonnaient[1] en chuchotant comme les roseaux du roi Midas[2]. Le pêcheur enfourcha son triporteur et actionna le démarreur à pied. Il contourna le jardin, mit pleins gaz et s'éloigna vers le port, mâchoires serrées, en faisant tressauter la plate-forme arrière sur les ornières du chemin.

Photis Théokaras sortait de chez Boustraki, où tout le monde s'était réuni après le drame, lorsqu'il aperçut le brinquebalant véhi-

1. Faisaient des vagues.
2. Roi phrygien qui avait le pouvoir de transformer en or ce qu'il touchait.

cule qui obliquait au coin de la rue Aristokléous. Il revint sur ses pas et se précipita vers la terrasse en s'écriant :

« Il arrive ! Je vous l'avais bien dit, qu'il viendrait ! »

Cette annonce coupa net les conversations. Il y eut quelques instants de complet silence, puis Boustraki demanda avec inquiétude :

« Comment est-il ?

– Trapu et basané, avec une barbe et une casquette.

– Mais non, imbécile ! Je veux dire : est-ce qu'il est énervé ?

– Difficile à dire. Je l'ai juste entraperçu. Mais il est toujours énervé, de toute façon. Pourquoi ? Tu crains pour tes vitres ?

– Pas du tout ! Je m'en fous bien, de mes vitres ! Un jour comme aujourd'hui, j'ai d'autres soucis ! Je me renseignais, c'est tout ! »

La pétarade du triporteur augmenta puis s'étouffa devant le kafénion. Démosthène venait de couper le contact. Il descendit de son engin et s'avança entre les tables, l'œil sombre et la barbe en bataille. Le bas de sa chemise bleue et le haut de ses pantalons noirs étaient littéralement raidis de sang séché. Il en avait aussi sur ses chevilles poilues et sur ses espadrilles. Il passa au milieu des clients et alla trouver Papa Kostas à sa table, sous le platane. Le vieux prêtre était assis devant un ouzo laiteux et il roulait pensivement entre ses doigts son combologue d'ambre. Ses yeux bleus exprimaient une grande tristesse. Avant même que Démosthène ait eu le temps d'ouvrir la bouche, il déclara :

« C'était un accident. Nicostratos s'en est pris à un passant qui s'est défendu avec une gaffe. Quand nous sommes arrivés, il était trop tard.

– C'était quelqu'un d'ici ?

– Non, un pêcheur d'éponges de Zante. Il est reparti peu après le drame. Il paraissait bouleversé.

– Mon fils aussi est bouleversé. Le choc l'a rendu malade. Je suis venu vous demander s'il vous serait possible de passer le voir demain matin pendant que je serai aux vendanges. Ça m'embêterait qu'il n'ait personne à son chevet quand il se réveillera…

– Mais bien entendu ! À quelle heure veux-tu que je vienne ?

– Vers sept heures, ce serait bien. C'est l'heure à laquelle il se lève d'habitude.

– Est-ce que je pourrai venir, moi aussi ? demanda Périclès en s'avançant vers la table de Papa Kostas. Ça me ferait plaisir de monter discuter un moment avec lui, histoire de lui changer les idées.

– Et l'école ? demanda Boustraki. N'oublie pas que tu rentres lundi et que tu as ton sac à préparer !

– J'écrirai à ma mère ! Je lui expliquerai que je prolonge mon séjour parce qu'un ami a besoin de moi ! L'école, c'est important. Mais l'amitié passe avant tout ! »

Boustraki ébouriffa les cheveux du jeune garçon avec sa grosse main en disant :

« Il n'a pas tout à fait tort. L'instruction n'est pas tout dans la vie. La preuve, c'est que dans les moments difficiles, on se tourne plus volontiers vers ses amis que vers le dictionnaire ! J'ai raison, ou pas ? »

Indirectement, la question s'adressait à Démosthène. Ce dernier fixa intensément Boustraki de ses yeux noirs. Il semblait hésiter comme devant un obstacle.

« J'ai eu tort de te frapper l'autre soir, déclara-t-il enfin. Je le regrette, crois-le bien.

– C'est moi qui ai eu tort de te parler de choses qui te faisaient de la peine. J'avais un peu trop bu. Je me suis emporté ! Allons, serre-moi la main et oublions cet incident. »

Ils se serrèrent la main, puis se donnèrent dignement l'accolade.

« Si tu veux prendre quelques jours de vacances pour t'occuper de ton fils, fais-moi signe, je te dépannerai. Les affaires ne marchent pas trop mal. J'ai de quoi.

– Merci, Boustraki. Je suis sensible à cette marque d'amitié. Mais, pour l'instant, je n'ai besoin que d'un garde-malade… »

Il regarda Papa Kostas et ajouta :

« Alors, c'est bien vrai ? Je peux compter sur vous, demain matin ?

– Oui. Je serai au chevet de Yannis à sept heures sonnantes.

– Moi aussi, je viendrai ! ajouta Périclès, qui ne manquait décidément pas de suite dans les idées. À moins que ma présence ne vous importune, mon père ?

– Au contraire, mon garçon. Yannis sera heureux de te voir. L'amitié est un cordial[1] plus revigorant que le vin de Patras. Rejoins-nous demain, à l'heure que tu voudras ! »

Démosthène s'inclina et posa ses lèvres sur la gemme[2] rouge de la bague sacerdotale. Puis il s'éloigna vers son triporteur. On entendit décliner la pétarade du moteur à essence et Boustraki rentra éclairer la terrasse, car il faisait nuit.

Vers trois heures du matin, le pêcheur fut réveillé par un cri horrible qui manqua le faire tomber de son lit. Il se précipita dans la

1. Remontant.
2. Pierre précieuse.

chambre de Yannis et trouva ce dernier allongé sur le sol près du coffre à linge. Apparemment, il avait tenté de fuir quelque chose dans son sommeil et il s'était pris les pieds dans la natte de corde. Il gisait sur le flanc, les mains coincées entre ses cuisses et tout le corps violemment agité de sanglots. Ses yeux écarquillés reflétaient une panique si intense que Démosthène en éprouva une sorte de honte. Il prit l'enfant dans ses bras et le porta dans le lit. Puis il alla dans la cuisine préparer une tisane sédative[1] composée de sauge, de tilleul et de fleurs d'oranger, qu'il corsa d'une généreuse rasade de raki pour plus de sûreté. Il lui fit prendre ce détonnant mélange à la cuiller, gorgée après gorgée. Le jeune malade se détendit progressivement et sombra peu à peu dans une torpeur[2] voisine du sommeil. Au bout d'une dizaine de minutes, il s'endormit profondément. Comme la pendule sonnait quatre heures, Démosthène ne jugea pas utile de se recoucher. Il sortit se débarbouiller le visage et les mains à la citerne. Puis il déjeuna, sur le pouce, d'une tranche de pain imprégnée d'huile d'olive, d'un verre de vin et de quelques gousses d'ail. Après s'être assuré que tout allait bien dans la chambre, il fourra son gros pull dans sa musette, mit sa casquette et descendit au ponton.

La première chose que Yannis perçut, en s'éveillant trois heures plus tard, fut le parfum sucré du chèvrefeuille. De petites bouffées d'air tiède pénétraient dans la chambre par les fentes du volet.

Dehors, il faisait un beau temps calme. Tous les oiseaux criaient

1. Apaisante.
2. Immobilité.

ensemble dans les arbres. Le jeune garçon eut un peu de mal à se redresser dans son lit. Il ressentait une grande lassitude par tous les membres, comme au lendemain d'un gros effort physique. Papa Kostas, qui se tenait assis près de lui dans la pénombre, se leva et alla ouvrir le volet.

« Bonjour, mon garçon ! lança-t-il gaiement. As-tu bien dormi ? »

Yannis grimaça à cause du soleil et se frotta les yeux en bredouillant :

« Papa Kostas ? Que faites-vous ici ?

– Ton père m'a demandé de passer pour que tu ne trouves pas la maison vide en te levant. Je t'ai apporté des loukoums ! Tiens, les voici ! »

Il lui tendit une grande boîte en fer blanc que le jeune garçon attrapa sans conviction. Maintenant qu'il était bien réveillé, certaines images lui revenaient en mémoire et, de nouveau, une grande détresse l'envahissait.

« Tu ne les goûtes pas ? s'étonna le vieux prêtre. C'est dommage. Ekatérini Gramos les a préparés exprès pour toi ! »

Yannis voulut expliquer qu'il n'avait pas faim. Mais quand il ouvrit la bouche pour parler, son menton trembla et il sentit des larmes lui monter aux yeux.

Alors, il se tut et fit simplement un geste qui signifiait : « Je ne peux pas parler, mais je vous remercie pour tout. » Pudiquement[1], le prêtre détourna les yeux. Il alla de nouveau à la fenêtre et aspira cette odeur de sable humide mêlée de fleurs de citronniers qui était

1. Avec respect.

la fragrance[1] *sui generis*[2] de Pélikata. Le ciel blanc de chaleur portait çà et là de délicates griffures roses et on pouvait apercevoir, au loin, de petites formations de nuages qui brillaient sur la mer étincelante. « C'est le petit été de saint Dimitri qui commence, Yannis ! Nous allons avoir une belle journée ! Tu ferais bien de te lever. »

Comme ses paroles ne rencontraient aucun écho, le saint homme pivota sur ses talons et revint vers le lit. Il prit les mains du jeune garçon entre les siennes, puis commença tout doucement à réciter la prière orthodoxe de consolation des affligés. Yannis ferma les yeux pour mieux l'entendre. C'était agréable, cette berceuse. Mais, au fond, ça n'arrangeait rien.

« Je vais aller te préparer ton petit déjeuner, dit le prêtre en se levant et en rajustant sa croix pectorale d'or sur sa robe noire. Quand on a du chagrin, il faut manger ! Sinon, c'est le chagrin qui nous mange ! Que dirais-tu d'un grand bol de sauge[3] et d'une tartine de fromage frais assaisonné d'aneth ?

– Je crois que je préfère encore les loukoums, répondit Yannis en ouvrant timidement la boîte de fer blanc. Mais je n'en mangerai qu'un ou deux, pour vous faire plaisir. Plus, ça ne passerait pas. »

Après le petit déjeuner, Papa Kostas insista pour que Yannis sorte marcher pieds nus dans l'herbe humide de rosée. C'était, selon lui, un moyen radical de se recharger en énergie tellurique[4]. Il enseigna au jeune garçon les rudiments d'une technique secrète permettant de pacifier le corps et l'esprit par un simple réglage de la respira-

1. Parfum.
2. Propre à sa nature.
3. Plante aromatique.
4. Qui vient de la terre.

tion sur le rythme du cœur. Il s'agissait d'inspirer alternativement par une narine et par l'autre, en se pinçant le nez avec les doigts et en appuyant le menton sur la poitrine.

« Recueille ton esprit, introduis-le dans tes narines et pousse-le vers ton cœur ! lui conseilla-t-il, paraphrasant[1] Nicéphore le Solitaire. Tu verras la joie qui va suivre. »

Cette pratique, farfelue en apparence, se révéla d'une grande efficacité. Mais elle nécessitait une parfaite coordination de gestes, car le risque était de pincer à la fois les deux narines et de périr étouffé.

Tout en pratiquant, ils descendirent se promener sur la plage. Le petit été de saint Dimitri rôtissait les maquis et l'éblouissement du sable donnait mal aux yeux. À une centaine de brasses du rivage, la mer tiède se brisait en bouillonnant sur les caps fleuris de cyclamens. Ils marchèrent un long moment sans parler. Le fantôme de Nicostratos continuait de hanter les abords du ponton et, malgré les exercices respiratoires, le jeune garçon ne pouvait s'empêcher de repenser aux parties de lutte d'autrefois. Tous les trois pas, il perdait le contrôle de son diaphragme[2] et s'asphyxiait bruyamment.

Papa Kostas tenta de lui poser quelques questions de grammaire, histoire de lui changer les idées. Mais il répondit exprès n'importe quoi. Au fond, il n'avait aucune envie d'être distrait de son chagrin. Souffrir par Nicostratos, c'était encore être avec lui.

Vers neuf heures, Périclès parut à la lisière du bois de citronniers. Il avait couru tout le long du chemin pour être plus vite auprès de

---

1. Reprenant les paroles de.
2. Muscle qui ferme le thorax.

son ami et il transpirait abondamment. Sa chemise blanche et ses pantalons beiges lui collaient à la peau. Il avisa Yannis et Papa Kostas assis sur un tertre d'herbe jaune devant la remise et il traversa le jardin pour les rejoindre. Le vieux prêtre était en train de faire la lecture à son élève, qui l'écoutait d'une oreille distraite en mordillant un brin d'avoine. Il s'avança vers eux, les mains dans les poches, en affectant une grande nonchalance.

« Mes respects, Papa Kostas, articula-t-il avec une certaine solennité. Comment allez-vous, ce matin ?

– Bien, merci. Et toi ? On dirait que tu as chaud.

– J'ai couru pour gagner du temps. Mais je constate que vous m'avez devancé !

– Rien ne sert de courir, il faut partir à point ! a dit le fabuliste Esope[1], que tu connais certainement…

– Ce nom me dit vaguement quelque chose, en effet », mentit le jeune Céphalonien.

Et il ajouta, désignant le livre de Papa Kostas :

« Ce sont ses fables que vous avez là ?

– Non, c'est l'Évangile selon saint Jean[2]. Yannis et moi étions en train de commenter le passage sur la résurrection de Lazare[3].

– Vous n'avez rien trouvé de plus gai, comme sujet de conversation ?

– Les évangiles sont très gais, voyons ! C'est un message d'espoir !

– Je ne dis pas. Mais, quand même, la résurrection de Lazare, c'est sinistre ! Ce type couvert de bandelettes, qui sort du tombeau

1. Auteur de fables grec qui vécut aux VIIe-VIe siècles avant J. C.
2. Quatrième récit de la vie de Jésus dans le Nouveau Testament.
3. Jésus pleure sur son tombeau avant qu'il ne ressuscite d'entre les morts.

avec de gros champignons sur tout le corps et des asticots dans les oreilles ! »

Yannis ne put se retenir de pouffer à cette plaisante évocation et Périclès, qui cherchait bien évidemment à le dérider[1], en éprouva une certaine satisfaction. Papa Kostas referma son livre et écarquilla les yeux.

« Où as-tu pris que Lazare avait des asticots dans les oreilles et qu'il était couvert de champignons ?

– Dans mon évangile ! C'est écrit noir sur blanc !

– Ton évangile est sûrement un apocryphe[2] ! Et qu'est-ce que c'est que cette histoire de bandelettes ? Lazare n'était pas un pharaon d'Égypte !

– C'est possible. Je ne me rappelle plus bien les détails de l'histoire. Il ne me reste que des bribes. Les chiens qui aboient, la caravane qui passe. Et cette corde en poil de chameau qu'on ne peut pas enfiler dans le trou de l'aiguille…

– Es-tu sûr que tout va bien ? demanda le prêtre stupéfait. Tu as dû rester un peu trop longtemps au soleil. Regarde-toi, tu es tout rouge et tu ruisselles comme après un bain de mer. Mets-toi à l'ombre tout de suite et respire lentement en gonflant bien ton abdomen.

– Et d'une seule narine à la fois ! compléta Yannis, complètement déridé. C'est important, l'alternance des narines. Regarde, je vais te faire une démonstration… »

Il porta la main à son nez et se mit à renifler bruyamment. Périclès se tourna vers le prêtre et demanda avec un grand sérieux :

1. Faire rire.
2. Dont l'authenticité n'est pas établie par l'Église.

« C'est vous qui lui avez appris à se moucher dans ses doigts ?

– Il ne se mouche pas dans ses doigts ! Il pratique un exercice spirituel en usage au mont Athos[1], qu'on appelle la “respiration alternée”. C'est une gymnastique diaphragmatique qui pacifie le corps et l'âme. Elle élève vers Dieu. »

Périclès prit un air ébahi.

« Vous voulez dire qu'à force d'avaler de l'air, il va décoller ? Comme un aérostat[2] gonflé d'air chaud ? »

Yannis ne put se retenir de pouffer de nouveau et Périclès lui-même fit un large sourire. Papa Kostas comprit alors que le jeune Céphalonien était en train de se moquer de lui. Il se leva dignement et remit sa toque noire en disant :

« Je constate que Yannis et toi êtes d'humeur badine. Je vais donc vous laisser à vos petites pitreries. Mais plutôt que de vous moquer des enseignements mystiques d'Athos, vous feriez mieux de les mettre en pratique. Ça vous rendrait moins bêtes. Bonne journée, messieurs, et au plaisir ! »

Il s'éloigna à pas lents vers le jardin. Les deux jeunes gens s'entre-regardèrent avec stupéfaction. Puis Périclès s'élança derrière le prêtre en demandant :

« Vous êtes fâché pour de bon, mon père ? Je vous ai blessé, avec mes impiétés[3] ?

– Oui, très cruellement ! Je n'aime pas beaucoup qu'on se permette de tourner les évangiles en ridicule !

---

1. « Sainte montagne », à 100 km à l'est de Salonique, aux nombreux monastères.
2. Ballon.
3. Propos, actes qui dévalorisent la religion.

– Mais je plaisantais, voyons ! Tout ça n'était pas sérieux !

– Veuillez nous pardonner, Papa Kostas, ajouta Yannis depuis le tertre d'herbe. Nous ne voulions pas vous faire de la peine ! »

Le prêtre fronça les sourcils et les regarda tour à tour d'un œil sévère. Puis soudain il éclata de rire et s'écria :

« Mais je vous pardonne, jeunes moineaux ! Ne voyez-vous pas que je suis en train de plaisanter moi-même ? En réalité, j'attendais que Périclès arrive pour descendre récupérer des boutures de jasmin à Vathy !

– Alors, vous nous avez fait marcher, vous aussi ? s'indigna le jeune Céphalonien. Vous ne manquez pas de toupet !

– Et toi, alors ? Avec tes histoires de bandelettes et d'asticots ? Et je ne parle pas des champignons, qui constituent presque un blasphème[1] ! »

Il prit un temps, lissa sa barbe et ajouta :

« Je retiens en tout cas ton idée de la corde en poil de chameau. Il me semble qu'elle éclaire d'un jour nouveau la parabole évangélique[2] du riche, qui n'a pas plus de chance d'entrer au royaume des cieux qu'un chameau n'a de chance de passer par le trou d'une aiguille…

– Comment ça ?

– Eh bien, à vrai dire, cette image d'un gros ruminant bossu tentant vainement de s'introduire dans le chas d'une aiguille m'a toujours paru un peu suspecte. C'est outré[3], comme effet ! Et il se

1. Insulte à Dieu.
2. Comparaison qui se trouve dans un Évangile.
3. Exagéré.

pourrait bien que nous soyons confrontés à une erreur de traduction. La parabole originelle ne disait-elle pas plutôt : il est plus facile à une corde en poil de chameau de passer par un trou d'aiguille qu'à un riche d'entrer dans le royaume des cieux ? Ce serait plus logique. On conserverait l'idée que le riche n'entrera pas au paradis, mais sans sombrer dans l'exagération. Qu'en penses-tu ? »

Périclès n'avait pas vraiment d'avis sur la question. Mais il prit un air pénétré pour ne pas décevoir le saint homme, qui enchaîna aussitôt :

« Naturellement, il faudrait vérifier qu'à cette époque, en Judée[1], les cordes étaient bien tressées avec du poil de chameau. Avec ta permission, j'aimerais me charger de ce travail. M'autorises-tu à creuser ton idée ?

– Mais certainement, Papa Kostas. Creusez tant que vous voudrez. Les idées sont à tout le monde, après tout. Et puis, si vous ne creusez pas celle-là, ce n'est pas moi qui le ferai !

– Je citerai ton nom dans mes travaux, naturellement.

– Ça, ça fera plaisir à mon oncle. À coup sûr, il paiera une tournée d'ouzo ! »

Le prêtre prit congé des deux jeunes gens et Périclès retourna s'asseoir auprès de son ami sur le tertre d'herbe jaune. Un long temps de silence passa, troublé uniquement par les crissements des cigales. Yannis semblait mélancolique. Quelque chose le tourmentait.

« Tu devrais être plus respectueux envers Papa Kostas ! dit-il tout à coup. C'est un saint homme. Il se dépense sans compter pour alphabétiser les petits pauvres. Et toi, tu te moques de lui !

1. Province romaine de Palestine.

– Je ne me suis pas moqué de lui ! Je blaguais ! Et puis, tu n'as pas boudé ton plaisir, il me semble ! Tu ricanais dans ta main !

– C'est vrai. Mais je n'aurais pas dû. Se moquer des Évangiles, c'est grave ! »

Le jeune Céphalonien haussa les épaules. Apparemment, il ne partageait pas cette opinion. Il garda le silence quelques instants, puis déclara :

« Il est permis de se moquer des Évangiles, puisque les Évangiles se moquent de nous ! Songe une minute au passage sur les petits oiseaux.

– Quel passage sur les petits oiseaux ?

– Celui où il est dit que le Seigneur s'occupe d'eux et que pas un ne meurt sans sa permission. C'est dans Matthieu[1], verset dix.

– Oui. Et alors ?

– Alors, s'il s'occupe des petits oiseaux et qu'il néglige les plus gros, comme il l'a fait hier, il se moque vraiment du monde ! Et, dans ces conditions, on peut bien un peu se moquer de lui ! »

Les semaines se succédèrent et Yannis retrouva peu à peu une humeur moins morose[2]. Il demeurait cependant bien fragile et continuait de succomber par moments à de brusques attaques de mélancolie. Ces crises le prenaient n'importe où : à table, sur le ponton, dans le jardin. Il était à ses occupations habituelles et, tout à coup, il se figeait[3], foudroyé par le souvenir de la perte abominable. Alors, il fermait les yeux et il se mordait la langue en essayant de

1. Évangile selon Matthieu.
2. Triste.
3. S'immobilisait.

refouler ses larmes, à la consternation d'Ivridichi, qui le réconfortait d'un tendre coup de corne dans l'estomac.

Chaque nuit, vers trois heures du matin, il revoyait Nicostratos en rêve. Selon un scénario immuable[1], le pélican lui apparaissait sur la plage de Myrta, par un radieux après-midi de mai. Il avait retrouvé l'usage de ses pattes et de ses ailes, mais plus rien n'était comme avant, en dépit des apparences, et le jeune garçon le savait bien. Tout en se retournant sous le drap, il essayait de refouler l'affreuse vérité qu'il sentait poindre à la surface de sa conscience. Il mettait les doigts à sa bouche pour siffler Nicostratos, et s'apercevait tout à coup qu'il n'avait plus de main et que le vent était en train d'emporter une à une les belles plumes blanches de l'oiseau. « Ô, je ne veux pas que tu sortes, l'automne est plein de mains coupées ! » chuchotait une voix derrière lui tandis que le pélican écorché s'avançait en écartant ses ailes sanguinolentes et en jetant une plainte horrible. Le dormeur hurlait à son tour et son propre cri le réveillait.

Démosthène entrait dans la chambre d'un pas mécanique et lui tendait une tisane, que le jeune garçon buvait sans dire un mot. Puis il retournait se coucher en emportant la tasse vide. Yannis restait un moment éveillé dans le noir, à écouter les cris des chouettes et les bruits du jardin. Après quoi il se tournait du côté du mur pour observer une tache de lune sur le crépi de chaux. La tache grandissait et devenait magiquement la mer Ionienne, où son oiseau et lui avaient nagé autrefois. Ivre de chagrin et de tisane, il s'abî-

1. Sans changements.

mait vers les transparences du sable taché de soleil où la mort l'attendait.

C'est en grande partie grâce au soutien moral de Périclès que Yannis prit finalement le chemin de la guérison. Le jeune Céphalonien avait obtenu de sa mère un sursis d'un trimestre avant de reprendre l'école. Chaque matin, il venait voir son ami à Pélikata. Les deux jeunes gens discutaient de tout et de rien, en ravaudant les filets ou en bêchant le jardin. Une fois par semaine, ils montaient prendre leur leçon au monastère de Prévéli. Une des conditions posées par madame Doulichion pour que son fils restât dans l'île était en effet qu'il étudie le programme du premier trimestre sous la férule[1] de Papa Kostas. Certains exercices d'algèbre déroutèrent le vieux prêtre, notamment ceux où il était question de bateaux percés faisant eau selon un certain débit et se croisant à des vitesses différentes sous des vents contraires. Mais, dans l'ensemble, son secours fut précieux.

Démosthène ne parlait plus de la croix d'or. Cette histoire était oubliée. Il avait fini par reprendre ses habitudes d'autrefois. Chaque soir, après le dîner, il descendait boire un ouzo sur le port. Quant à Yannis, il n'allait plus jamais à Vathy. Revoir ces gens qui avaient été témoins de son bonheur lui aurait été trop pénible. Sa décision était d'autant plus sage que, sur le port, on évoquait encore très souvent le drame. Nicostratos était devenu une sorte de martyr[2] et le pêcheur d'éponges de Zante l'ennemi public numéro un. Après quelques tournées d'apéritif, Barba Charalambos montait parfois

1. Baguette, conduite.
2. Personnage souffrant et sacré.

sur la table, un couteau entre les dents, pour danser et défier ce lâche qui s'en était pris à la mascotte de Vathy.

Un soir qu'il dînait avec son père dans la petite cuisine de Pélikata, Yannis décida d'aborder une question qui le préoccupait depuis quelque temps déjà : celle de la sépulture[1]. En effet, il ignorait ce qu'il était advenu de la dépouille mortelle de Nicostratos. Et, jusqu'à ce jour, il n'avait pas osé interroger Démosthène à ce sujet, ne se sentant pas assez solide pour évoquer sans larmes l'oiseau défunt.

« Je voulais vous demander, père, commença-t-il d'une voix un peu tremblante. Après que vous ayez emporté Nicostratos, le jour de l'accident, que s'est-il passé ? »

Démosthène ne répondit pas tout de suite, car il était occupé à mastiquer une énorme portion de poulpe au riz. Mais il fit une tête qui en disait long sur l'embarras dans lequel cette question le plongeait. Yannis profita de l'intermède[2] pour préciser :

« Vous avez dit en partant que vous mettriez fin à ses souffrances. C'est ce que vous avez fait ? »

Le pêcheur avala péniblement sa bouchée pimentée. Puis il se rinça la bouche d'un coup de vin et répondit enfin :

« Je n'ai pas eu à en arriver là. Il était gravement blessé. Il est mort peu après que nous ayons quitté la baie.

– Pourquoi l'avez-vous emmené en bateau ?

– Je voulais l'emporter loin de toi, pour t'épargner une scène pénible. J'ai agi machinalement. »

1. Tombeau.
2. Pause.

Il but une autre gorgée de vin, essuya sa barbe noire et ajouta, l'air gêné :

« En réalité, je crois que j'étais ému. »

Yannis baissa les yeux vers son assiette.

« Et le corps ? Qu'en avez-vous fait ?

– Je l'ai roulé dans un morceau de filet lesté de deux gros plombs et je l'ai jeté à la mer. »

Comme cette réponse déconcertait visiblement le jeune garçon, il enchaîna :

« C'était la meilleure chose à faire. Tu ne dois pas être triste. Il aimait pêcher et nager dans la mer Ionienne. Ça doit lui plaire d'y être enseveli. »

Octobre touchait à sa fin et Yannis était parti faire une petite promenade dans les collines du côté de Kalamati, lorsque, par le plus grand des hasards, il rencontra Photis Théokaras qui cherchait des champignons. L'ancien boulanger marchait le nez baissé, en écartant les bruyères avec sa canne. Il était en bras de chemise et portait un grand panier de jonc[1] au fond duquel gisaient une poignée de petits végétaux rabougris. À sa mine concentrée, on voyait bien que pour lui la cueillette était une affaire sérieuse. Quand il aperçut le jeune garçon, il se redressa et son visage s'éclaira d'un seul coup.

« Yannis ! Cher petit ! Mais que fais-tu dans les parages ?

– Je me promène. Je profite des derniers beaux jours. Et vous, monsieur Théokaras ? Vous cherchez des champignons, à ce que je vois…

---

1. Roseau.

– En effet. Mais, avec ce beau temps sec, la récolte n'est pas fameuse.

– Hé oui ! Le petit été de saint Dimitri n'en finit plus, que voulez-vous ! Mais c'est signe d'un hiver rigoureux, à ce qu'il paraît. »

À cet instant, une perdrix s'envola derrière eux dans un grand bruit d'ailes.

Photis se retourna et il la désigna de sa canne en s'écriant :

« Vé ! La belle ! »

Mais Yannis devint blême et, au lieu de suivre le vol de l'oiseau, il baissa pudiquement les yeux vers ses sandales. L'ancien boulanger comprit tout de suite la raison de ce malaise. Il laissa au jeune garçon le temps de se reprendre, puis demanda :

« Pourquoi ne viens-tu plus à Vathy ? Tout le monde serait content de te revoir, tu sais !

– J'ai beaucoup de travail, mentit Yannis. Mais je descendrai un de ces jours, c'est promis.

– Nous pensons souvent à toi depuis le drame. Et Papa Kostas nous donne régulièrement de tes nouvelles. Nous en avons aussi par ton ami Périclès, naturellement…

– Et aussi par mon père, j'imagine. »

Photis eut un sourire.

« Ton père ? Heureusement qu'on ne compte pas sur lui pour les nouvelles ! Ça fait plus d'un mois qu'on ne l'a pas vu ! »

À ces mots, le jeune garçon releva les yeux et il regarda l'ancien boulanger.

« Comment ça ? demanda-t-il, très étonné. Vous n'allez plus chez Boustraki ?

– Si, tous les soirs, pourquoi ?

– Mais voyons ! Mon père y va aussi ! Vous le voyez forcément !...

– Je t'assure bien que non ! Il ne vient jamais !

– Vous êtes sûr ?

– Évidemment ! J'ai soixante-dix ans, mais je ne suis pas encore complètement gâteux ! Si je te dis que ton père n'a plus remis les pieds chez Boustraki depuis au moins un mois, tu peux me croire ! Qui a bien pu te raconter qu'il fréquentait le kafénion ?

– Personne. Mais il s'absente tous les soirs après le dîner. Je pensais qu'il descendait boire un coup à Vathy !

– Eh bien non ! Et c'est dommage, car ça lui ferait le plus grand bien de voir un peu ses amis. »

Yannis garda un instant le silence et demeura bouche ouverte, à fixer bêtement Photis.

« Excusez-moi, articula-t-il enfin. Je dois vous quitter. »

Il s'éloigna à travers le maquis d'un pas incertain, l'esprit agité de mille questions. Tout le monde lui mentait depuis un mois, alors ! Son père d'abord, mais aussi Périclès, qui s'était bien gardé de lui signaler que Démosthène ne fréquentait plus le kafénion. Dire qu'il le croyait son ami ! Il balança un moment entre l'envie de descendre à Vathy s'expliquer avec le jeune Céphalonien et celle de remonter dare-dare à Pélikata trouver le pêcheur. Finalement, il opta pour la seconde alternative et il s'en fut à grandes enjambées vers la maison.

Comme il atteignait le jardin, une évidence le frappa. Si Périclès et Démosthène lui mentaient, c'était parce qu'ils trafiquaient ensemble. Ils avaient dû monter une contrebande avec l'île de Céphalonie. Voilà pourquoi son père rentrait toujours très tard de la pêche ! Voilà pourquoi il s'absentait chaque soir après le dîner !

Tant de traîtrise le laissa pantois[1]. Mais puisqu'on lui cachait des choses, il allait mener l'enquête de son côté et on verrait bien, à la fin, qui aurait le dernier mot !

Il rebroussa chemin et descendit à pas de loup à travers le bois de citronniers. Son idée était de commencer par fouiller le caïque de fond en comble. Après quoi il descendrait à Vathy mettre à sac la chambre du jeune Céphalonien.

Parvenu à la lisière de la plage, il marqua un temps et s'assura que la voie était libre avant de s'élancer vers le ponton. Il entra dans l'eau et nagea jusqu'au caïque, qui se balançait mollement au bout de ses amarres. C'était un peu plus compliqué d'y accéder de cette façon, mais il préférait éviter de se montrer sur le débarcadère. Ce qu'il avait à faire nécessitait une certaine discrétion. Ayant contourné le bateau, il avisa un cordage qui pendait du plat-bord. Quelques tractions de bras lui permirent de se hisser sur le pont. Il se mit à quatre pattes, eut un dernier coup d'œil en direction de la plage et se coula furtivement dans la cabine.

Une agréable odeur de goudron imprégnait la pénombre du petit habitacle chauffé à blanc par le soleil. Il reconnut l'antique réchaud à acétylène, le briki de cuivre et la boîte de sucre. Un jour, Démosthène l'avait emmené à la pêche alors qu'il n'était encore qu'un enfant. Il l'avait porté à bord en pleine nuit, profondément endormi et roulé dans une couverture. En s'éveillant à la pointe du jour, le jeune garçon avait senti l'odeur du café que son père était en train de préparer pour eux sur le petit réchaud. Et, depuis, dans sa mémoire, cette odeur était associée à celle du goudron de calfa-

1. Sans réaction.

tage et à un inexplicable sentiment de paix. Il entrebâilla le hublot pour faire entrer un peu d'air et dissiper la nostalgique réminiscence[1]. Qu'allait-il trouver en fouillant la cabine ? Des cigarettes ? Du raki ? Pire ?

Il se mit à genoux et ouvrit les trappes situées sous le tableau de commandes. Puis il jeta un œil dans le garde-manger, où il trouva en tout et pour tout quatre vieux fromages desséchés, un pot d'olives noires et une boîte de harengs. Derrière les sacs contenant la voilure d'appoint, Démosthène avait caché un litre de raki largement entamé qu'il réservait apparemment pour son usage personnel. Et c'était tout ! Maigre récolte, en vérité.

Le jeune garçon inspecta minutieusement tout l'habitacle, sans parvenir à mettre la main sur la moindre marchandise compromettante. Il allait renoncer et quitter le caïque lorsque, tout à coup, il avisa un objet insolite posé en évidence près de la barre. C'était une boîte à biscuits en fer blanc, ornée du pictogramme[2] des établissements Mélisséou. Il l'ouvrit et se figea, saisi de stupeur. Elle renfermait deux flacons de teinture d'iode, une paire de petits ciseaux et plusieurs longues bandes de gaze tachées de sang.

Sa perplexité redoubla quand il découvrit, dans le fond de la boîte, tout un assortiment de planchettes percées de trous et garnies de ficelles. Il avait déjà vu de semblables objets quelque part, mais où ? Une image lui revint en mémoire : celle d'Ivridichi tombant du mûrier puis traversant la cour en boitant à cause de sa patte cassée. Des attelles ! Ces petites planches étaient des attelles ! Son

1. Souvenir.
2. Signe , symbole.

père en avait fabriqué de semblables pour soigner la chevrette, quelques années auparavant ! Le jeune garçon se mit à trembler de la tête aux pieds. Il n'osait pas aller au bout de son raisonnement. Et pourtant, il aurait fallu être stupide pour ne pas comprendre. Avec un grand frémissement contenu, il déroula une à une les bandes de gaze. Et, tout à coup, son cœur éclata comme un soleil : dans la pénombre du petit habitacle, une plume blanche tachée de brun venait de tomber à ses pieds.

Depuis la lisière du bois de citronniers, Démosthène vit son fils enjamber le plat-bord du caïque et plonger sans bruit dans l'eau transparente. Il se cacha derrière un arbre et attendit que le jeune garçon se fût éloigné pour s'avancer à découvert sur la plage. D'un bond, il grimpa sur le débarcadère. Puis il courut détacher les amarres et sauta dans le bateau.

Yannis remonta jusqu'à la maison en s'appuyant tous les dix pas aux troncs lisses des citronniers. Il était complètement abasourdi par sa découverte, et plus rien ne comptait que ce simple fait : Nicostratos n'était pas mort en mer après l'accident ! Les attelles et les bandes en attestaient ! On lui avait menti sur toute la ligne ! Les déductions s'enchaînaient à présent en cascade et tout lui apparaissait clairement. Il comprenait le motif des mystérieuses absences paternelles. Toutes ces promenades digestives menaient sans doute Démosthène à une cachette où il soignait l'oiseau. Mais alors, s'il continuait de sortir chaque soir après le dîner, ça signifiait que Nicostratos était toujours vivant ! Cette découverte bouleversante manqua l'envoyer au tapis pour de bon.

Comme il traversait le jardin, il entendit tout à coup le tac-tac du moteur Diesel. Il se retourna, incrédule, et aperçut le caïque qui s'éloignait vers le débouquement de la baie. Il s'élança à toutes jambes vers le bois de citronniers. Quand il atteignit la plage, son père était déjà hors de portée de voix.

Il entra dans la mer jusqu'à mi-cuisses et lança quelques coups de sifflet. Puis, complètement désemparé, il sortit de l'eau et tomba assis dans le sable. Il posa son menton sur ses genoux et resta ainsi plusieurs minutes, les jambes ramenées contre la poitrine et les yeux mi-clos. Tout à coup, un poil dru[1] picota son oreille. Il fit volte-face et eut l'extrême surprise de se trouver nez à nez avec Ivridichi, qui le considérait d'un œil compatissant. La sensible chevrette était accourue sitôt qu'elle l'avait entendu siffler. Après l'avoir traité de vieille bique, il lui passa ses deux bras autour du cou pour l'embrasser sur le museau et lui confier d'une voix émue :

« Nicostratos est vivant ! Est-ce que tu te rends compte ? »

La fantasque bestiole eût sans doute accueilli cette nouvelle avec plaisir si elle avait été capable d'en comprendre la signification. Mais comme ce n'était pas le cas, elle se contenta de lécher les traces de sel que le jeune garçon avait sur les joues. Puis elle se coucha à ses pieds, les pattes repliées sous les mamelles et la barbiche au vent.

Au bout d'un quart d'heure, elle bêla et se mit debout pour flairer l'air, car elle venait de percevoir une odeur familière. En effet, quelques instants plus tard, le jeune Céphalonien parut à la lisière du bois de citronniers.

« Salut Yannis ! lança-t-il en s'avançant sur la plage. Qu'est-ce que tu fous là ? Ça fait un quart d'heure que je te cherche !

– Je regardais mon père embarquer.

---

1. Épais, serré.

– Il est reparti à la pêche ?

– Non.

– Il est où, alors ? »

Yannis marqua un temps et regarda son camarade droit dans les yeux.

« C'est drôle, dit-il enfin. J'allais justement te le demander… »

Cette réponse déconcerta Périclès, qui se mit à flatter l'encolure de la chevrette pour se donner une contenance.

« Comment veux-tu que je le sache ? J'arrive juste. Tu perds la boule, mon vieux !

– Arrête un peu ta comédie, Périclès ! Je suis au courant de tout.

– De tout quoi ? s'exclama le garçon, de moins en moins à l'aise.

– Nicostratos n'est pas mort en mer. Mon père l'a soigné. J'ai trouvé des bandes tachées de sang et des attelles sur le caïque. Dis-moi où il se cache et qu'on en finisse ! »

Périclès parut hésiter quelques instants sur la conduite à tenir. Puis, tout à coup, il se laissa tomber sur le sable à côté de son ami, en maugréant[1] :

« À Myrta ! Mais ne dis pas à ton père que je te l'ai dit, surtout ! Il a menacé de me briser toutes les dents si je vendais la mèche !

– Ce serait bien fait pour toi ! Tu n'es qu'un faux frère ! Tu m'as menti ! Comment as-tu pu me cacher que Nicostratos était vivant ? »

Il avait crié si fort qu'Ivridichi détala sur la plage en faisant tintinnabuler sa clochette.

1. Râlant.

Périclès cueillit une poignée de sable et la laissa s'écouler entre ses doigts.

« Doucement ! Ne t'emballe pas ! Rien ne prouve que Nicostratos soit encore en vie. Ton père a essayé de le soigner, mais peut-être que ça n'a pas suffi…

– Bien sûr que si, ça a suffi ! C'est forcé ! Sans ça, il ne continuerait pas de sortir tous les soirs en faisant croire qu'il va au café !

– Il va peut être ailleurs qu'à Myrta.

– Ah oui ? Où ça ?

– Je ne sais pas, moi. Chez sa bonne amie.

– Mon père ? Chez une bonne amie ? Tu dis vraiment n'importe quoi !

– J'essaie juste d'imaginer le pire. Je ne voudrais pas que tu ailles au-devant d'un nouveau chagrin.

– Pourquoi irais-je au-devant d'un nouveau chagrin ? Tu sais quelque chose ? Il t'a parlé ?

– Tu penses bien que non ! Ce n'est pas son genre, de faire des confidences. D'ailleurs, je l'ai vu en tout et pour tout une seule fois après l'accident…

– Et qu'est-ce qu'il t'a dit ?

– Rien, ou presque. Il m'a juste demandé de te cacher le fait qu'il ne viendrait plus au kafénion pendant quelque temps. Comme je refusais de te mentir sans une bonne raison, il m'a expliqué que l'oiseau n'était pas encore mort et que, peut-être, il y avait une chance de le sauver, mais que pour ça il devrait se rendre tous les soirs dans une grotte où il l'avait caché.

– Il fallait quand même qu'il t'ait drôlement à la bonne, pour te dire qu'il l'avait caché à Myrta !

– Il ne me l'a pas dit, je l'ai deviné ! C'est même ça qui l'a énervé ! Il est devenu tout pâle, et il m'a prévenu que si je te répétais ce que je savais, il me casserait toutes les dents !

– Tu as eu tort de te laisser intimider. Il blaguait…

– J'aurais voulu t'y voir ! Il avait l'air sérieux, quand il a dit ça ! Il montrait les dents dans sa barbe. On aurait dit un loup !

– Un loup qui soigne les oiseaux au lieu de les croquer, ça n'est pas bien dangereux.

– Et mon oncle ? Je te rappelle qu'il l'a dérouillé ! Je ne voulais pas risquer d'être le deuxième Doulichion sur la liste ! »

Yannis haussa les épaules. Au fond, cette trahison n'avait aucune importance. Tout ce qui comptait, à présent, c'était de s'assurer que Nicostratos était encore vivant. Il se leva brusquement.

« Où vas-tu ?

– À Myrta ! Rejoindre mon père. Tu peux m'accompagner, si tu veux. »

Le jeune Céphalonien se garda bien de quitter la position assise.

« Je préfère rester ici. Si ton père nous voit débouler ensemble, il risque de se méprendre. Ce serait trop bête que je perde toutes mes dents sur un malentendu. »

Yannis n'avait plus repris le chemin de Myrta depuis longtemps. Il retrouva avec émotion la petite plage de graviers rouges, en contrebas du bois de pins. L'automne n'avait pas tué les cigales, qui continuaient de froisser des rubis entre leurs élytres[1] au rythme du ressac.

1. Ailes.

Un an plus tôt, il s'était arrêté dans cette même anse, au milieu de la nuit, avec Nicostratos. Tous deux fuyaient Démosthène, en ce temps-là. Mais, à présent, les choses étaient différentes et il tardait au jeune garçon de retrouver son père.

Il entra dans l'eau tout habillé et nagea le long du cap fleuri de cyclamens. Après quelques centaines de brasses, il aperçut la plage de sable blanc et la forêt de lauriers-roses. Le bras d'eau douce, aminci par l'été, continuait de couler entre les gros rochers moussus. Il eut un choc d'espoir au cœur en apercevant le caïque à l'ancre près du banc de sable. Mais il disciplina aussitôt sa respiration afin de garder la tête froide. Périclès avait raison. Il fallait éviter de s'emballer.

Il gagna le rivage et ôta sa chemise, qu'il jeta sur le sable. Puis, le cœur battant à tout rompre, il s'éloigna par-delà le bois de lauriers-roses, vers l'éboulis de pierres menant au surplomb rocheux.

Les clématites voilant l'ouverture de la grotte n'étaient plus qu'un rideau de lianes desséchées. Il les écarta d'un revers de main et pénétra dans le sanctuaire. La lumière du jour filtrant entre les tiges ligneuses éclairait si bien le décor de la grotte qu'il n'eut pas besoin d'allumer de torche.

Tout avait beaucoup changé ici, en un mois. D'abord, Démosthène avait fait le ménage. Il avait tapissé le sol d'une nouvelle couche d'aiguilles de pin et ôté les toiles d'araignée qui pendaient au plafond. Une vaste corbeille garnie de couvertures trônait au milieu de la salle sur un caillebotis habilement confectionné avec des branchettes fendues en deux. Le jeune garçon fit quelques pas et ouvrit un coffret de bois posé en équilibre sur les pierres plates.

Celui-ci renfermait un gros pot d'argile, des flacons de teinture d'iode, toutes sortes de compresses, de bandes et de pansements soigneusement roulés ou pliés et même – ô stupeur – une pochette d'aiguilles et une bobine de fil suifé[1] ! À la pensée de ce que son père avait été contraint de faire avec ce nécessaire à couture, le jeune garçon fut pris d'un malaise. Il porta la main à sa tempe et commença à vaciller sur ses jambes. Fort heureusement, il aperçut tout à coup les reliefs[2] d'un repas de poissons, gisant dans un grand plat en terre cuite posé à même le sol. À leur vue, il reprit espoir. Ces restes dataient de la veille. Par conséquent, le miracle demeurait possible.

Comme il franchissait le rideau de clématites fanées, il entendit tout à coup un jappement en contrebas de la corniche. Il détourna les yeux vers la plage et aperçut une ombre noire qui courait dans les vagues en faisant de grands gestes. Une forme blanche trottinait maladroitement derrière elle.

Il descendit à travers le bois de lauriers-roses et s'avança sur la plage pour siffler Nicostratos. Celui-ci détourna aussitôt la tête et eut une expression d'étonnement infini en apercevant Yannis qui marchait vers lui. Après quelques secondes d'hébétude, il lâcha la casquette de Démosthène qu'il tenait dans son bec et il se précipita vers son maître d'un pas boitillant. Il avait la patte gauche toute raide et les ailes fermées. Son flanc droit pelé et boursouflé portait les stigmates de plusieurs dizaines de points de suture. Mais il était vivant, plein d'enthousiasme et cela seul comptait. Yannis lui ouvrit

1. Enduit de graisse.
2. Restes.

les bras et crut ressusciter au contact du gros bec qui lui mordillait tendrement les oreilles. Il fourra son nez dans les plumes tièdes du cou et se mit à sangloter en balbutiant des mots sans suite.

Démosthène était resté quelques pas en arrière d'eux. Malgré sa grande pudeur, il ne pouvait détourner les yeux de cette scène pathétique. L'oiseau n'en finissait plus de frotter son cou et son bec à la joue de Yannis, qui riait à travers ses larmes. Finalement, il renversa le jeune garçon et s'abattit sur lui pour le cribler de coups de bec, comme au bon vieux temps des parties de lutte. Yannis eut toutes les peines du monde à se tirer de ce mauvais pas. Le pêcheur les observait en souriant dans sa barbe. Il rayonnait de joie rentrée. Yannis se redressa enfin et s'avança vers lui, en reniflant et en essuyant ses joues. Après quelques instants de silence, il bredouilla :

« Pourquoi… ne m'avez-vous… rien dit ? Je… Je croyais qu'il était mort !

– Je ne voulais pas te donner de faux espoirs. Quand je l'ai emporté, il semblait perdu. Et puis peu à peu, il s'est remis. C'est une bête solide.

– Comment avez-vous fait, pour le soigner ?

– Comme pour Ivridichi, quand elle s'était brisé la patte. Sauf que là, j'ai dû demander conseil au docteur de Céphalonie, à cause des points. Enfin bref, j'ai fait de mon mieux. »

Il prit un temps, caressa l'oiseau qui était venu se frotter contre lui et ajouta :

« Et lui aussi, je crois. Il voulait guérir, pour te retrouver. J'ai vu ça dans ses yeux, en mer, quand je l'ai emporté pour abréger ses souffrances. Ça m'a ébranlé dans mes résolutions.

– Est-ce qu'il revolera un jour ?

– Je ne pense pas. Les ailes d'oiseau, c'est fragile comme le bonheur. Une fois brisé, ça ne se répare jamais complètement. Mais on s'accommode de bien des choses, crois-moi. »

Il détourna les yeux vers la mer Ionienne et désigna le caïque en précisant :

« J'étais venu le chercher pour te l'apporter. Je voulais te faire la surprise. C'est raté.

– Oh non, c'est réussi ! Très réussi même ! Je ne sais pas quoi dire…

– Alors ne dis rien. Contente-toi d'être heureux.

– Vous ne m'en voulez plus, pour la croix d'or ? »

Le pêcheur haussa les épaules.

« Je suis plus calme maintenant. Je crois que j'ai compris certaines choses. »

À cet instant, une tête blonde émergea de l'eau. C'était Périclès. Il souriait de toutes ses dents. Apparemment, il ne craignait plus de les perdre.

Après-texte

POUR COMPRENDRE

Étape 1 L'île 188
Étape 2 Un oiseau vraiment pas ordinaire 190
Étape 3 Un homme en devenir 192
Étape 4 Une amitié à la vie à la mort 194
Étape 5 Échos poétiques 196
Étape 6 Un roman de littérature de jeunesse 198
Étape 7 *Nicostratos* : du roman au film 200

GROUPEMENT DE TEXTES

D'autres oiseaux mythiques… 202

INFORMATION/DOCUMENTATION

Bibliographie, filmographie, sites Internet 206

Lire

1 Observez une carte de l'archipel ionien et retrouvez le nom des îles citées par le récit. Dans quelle île le héros vit-il ? Quel est le nom de la baie qui abrite sa maison ? Quels sont les principaux lieux dans lesquels il se déplace ?

2 Dans les pages 9 à 13, relevez les indices donnés par le narrateur sur le cadre de l'histoire : la baie, la maison, la flore. Correspondent-ils aux images que vous avez pu voir de cette partie de la Grèce ? Quel est le métier de Yannis et celui de son père ?

3 Comment s'appelait cette île à l'époque antique ? De quel autre héros est-elle la patrie ? Page 109 : quels éléments en rappellent le lointain passé ? Page 36 : quel est le lieu qui renvoie à l'époque et à la culture grecque contemporaine ? Citez-en au moins deux autres qui apparaissent dans le cours du récit.

4 L'île est souvent décrite dans les pages de ce roman. Relevez quelques passages de description en notant précisément les chapitres et les lignes qui les encadrent. Par quels paysages est-elle représentée ? Présentez la géographie de l'île en recherchant les mots appartenant au vocabulaire du relief, de la flore, des éléments de la nature, du climat, des couleurs.

5 La mer ionienne est un élément important de cette géographie : lisez la description des pages 90-91, lignes 781-790, et relevez les adjectifs qualificatifs, les comparaisons et la métaphore qui la caractérisent. Représente-t-elle la même chose pour Yannis, son père ou Nicostratos ?

6 Montrez que pour Yannis la nature est souvent consolatrice, apaisante, comme aux lignes 207-212 de la page 68. Quels sont les lieux qui sont plutôt sources de soucis, voire de dangers, pour Nicostratos surtout ? Quels personnages représentent l'intrusion du monde extérieur dans l'île ?

7 Où se trouve Myrta (chapitre 2) ? Comment l'endroit est-il accessible ? Pourquoi est-il une cachette idéale pour le pélican ? Quel épisode montre que la baie n'a pas changé en trois mille ans ?

8 Qui sont les autres habitants de cette île ? Relevez les éléments qui renvoient à leur culture grecque : religion, alimentation, traditions, littérature, etc. Comment sont-ils présentés par le narrateur ?

Écrire

9 À votre tour, décrivez l'île où vous aimeriez vivre. Choisissez-la parmi celles que compte notre planète. Dites en quoi elle vous attire et ce qu'elle représente à vos yeux : un rêve, un lieu de rencontres, un paradis, etc.

10 L'« odeur de sable humide mêlée de fleurs de citronniers [...] était la fragrance *sui generis* de Pélikata » (p. 161-162, l. 151-152). Quelle odeur associeriez-vous au lieu dans lequel vous vivez ?

11 Inventez une aventure qui arriverait à Yannis et Nicostratos dans la baie de Myrta et qui ferait le lien entre l'Antiquité et le présent des deux personnages.

Chercher

12 Trouvez des images de l'île de Vathy aujourd'hui et comparez-les avec les lieux, les paysages décrits par l'auteur.

13 Dans quel épisode de *L'Odyssée* est-il question d'une grotte et de fromages pressés, semblables à ceux qui sèchent au plafond de la petite pièce de la maison de Démosthène ?

À SAVOIR

INSÉRER DES DESCRIPTIONS DANS UN RÉCIT

Le passage du discours narratif au discours descriptif peut être marqué :
– par des compléments circonstanciels de temps et de lieu (ex. : « Nicostratos sortit fort peu durant l'hiver », p. 56, l. 1195) ;
– par l'utilisation de verbes de perception qui déterminent le point de vue (qui regarde ?), comme dans cette phrase : « [Yannis] s'accouda à la rambarde vermoulue pour admirer la mer » (p. 90, l. 782-783) ;
– par un changement de temps. On passe du passé simple – le temps qui exprime les actions qui font progresser le récit – à l'imparfait. Ainsi, le récit s'ouvre sur un « tableau », écrit à l'imparfait.
Dans *Nicostratos*, la description ne sollicite pas seulement le sens de la vue ; les réalités de cette Méditerranée éternelle (la flore du maquis, la mer omniprésente, la lumière) éveillent aussi l'odorat et l'ouïe du lecteur. On retrouve dans la description la fonction poétique de la synesthésie, procédé cher à Baudelaire, grâce auquel l'« âme peut boire à grands flots le parfum, le son et la couleur » (« La Chevelure » in *Les Fleurs du mal*, 1857). L'éclat des paysages de Vathy est rendu par la richesse des procédés qui permettent la caractérisation : champs lexicaux, expansions du nom, comparaisons, périphrases, métaphores, dont certaines rappellent l'écriture homérique (ex. : « la soie ionienne », p. 90, l. 783).

Lire

1 Comment Yannis perçoit-il la présence de l'oisillon (p. 15-16) ? Relevez dans les lignes 163 à 181 les deux expressions qui retardent l'identification de la source du cri. Quel est le personnage qui nomme précisément son espèce ? Quelle est-elle ? Jusqu'à la fin du chapitre 1, qu'apprenons-nous sur celle-ci (nourriture, taille, plumage, caractère, etc.) ?

2 Pourquoi Yannis l'appelle-t-il Nicostratos ? Qu'est-ce qui lui fait dire que Nicostratos est « le plus beau pélican du monde » (p. 92, l. 824-825) ? Quelle est la caractéristique qui, tout au long du récit, marque son animalité et peut le rendre effrayant ? Citez deux principaux traits de son caractère. Montrez, notamment, qu'il peut être très comique.

3 Dans les pages 83 à 99, relevez le lexique qui traduit le point de vue des habitués du kafénion et celui du père sur Nicostratos. Que représente-t-il pour les habitants de l'île superstitieux ? Que représente-t-il pour le père ? Quel projet celui-ci forme-t-il à son sujet (p. 96-98) ?

4 Quel événement entraîne, au chapitre 2, la « répudiation » de Nicostratos et son départ pour la baie de Myrta ?

5 Dans le même temps, Nicostratos devient « le sujet de conversation numéro un dans les kafénions du port » (p. 99, l. 3-4). Pourquoi ? Résumez cet épisode de la célébrité, en suivant la montée dramatique des événements (cf. p. 146, l. 1194-1195 : l'expression « tristes exploits »). Commentez la réponse que Yannis fait à Périclès, page 145, lignes 1167-1168 : « [...] les pélicans sont des bêtes sauvages, faites pour vivre loin des hommes ».

6 Relevez dans le texte les marques d'anthropomorphisme qui prêtent à Nicostratos des comportements humains. Que diriez-vous, par exemple, de son langage ?

7 Quelle est la catastrophe qui manque coûter la vie à Nicostratos ? Pourquoi peut-on parler de « martyre » ? À quoi vous fait penser le tableau de Yannis, « son grand oiseau ensanglanté dans les bras » (p. 154, l. 1395) ?

8 En quoi cette catastrophe est-elle à prendre au sens que lui donne Papa Kostas, page 81, lignes 539-540 : « un renversement dont tu peux tirer le plus grand profit » ? Finalement, pourquoi Nicostratos est-il vraiment l'« ange blanc » dont parle Photis (p. 104, l. 118) ?

Écrire

9 Inventez une autre fin pour Nicostratos, qui réécrive son histoire sans imaginer la catastrophe du combat avec le pêcheur d'éponges.

10 Vous aussi, détestez-vous les tortionnaires d'animaux ? Qu'avez-vous ressenti à la lecture de la fin du roman ?

11 Quel animal représente, à vos yeux, la beauté ou l'étrange ? Pourquoi pas les deux ? Nommez-le, décrivez-le en quelques lignes et expliquez ce que vous admirez en lui. Sous quelle forme animale auriez-vous aimé vivre ?

Chercher

12 Page 25, lignes 405-406 : Yannis dit avec humour à propos de son oisillon : « Tu dois être un canard, croisé avec un chien ! » Quel nom la littérature donne-t-elle à une créature née d'un assemblage monstrueux ?

13 Lisez le poème des *Fleurs du Mal* de Charles Baudelaire intitulé « L'Albatros ». En quoi vous rappelle-t-il Nicostratos ?

14 Complétez les informations que le récit donne sur cette espèce de pélican.

À SAVOIR

QUELQUES PROCÉDÉS DRAMATIQUES

Voici quelques procédés dramatiques utilisés par l'auteur de *Nicostratos* :
– *Le procédé de retardement* : la découverte de l'oisillon, annoncée par le connecteur « C'est alors que » (p. 15, l. 163) est retardée par le fait que Yannis perçoit cette présence par l'ouïe et non par la vue ; l'identification de l'espèce de l'oiseau est retardée par les interrogations, parfois amusées, de Yannis : « C'est drôle, quand même, d'entendre japper un oiseau ! Je me demande à quelle espèce tu appartiens... » (p. 24-25, l. 403-404).
– *Les « feintes »* : à la fin du chapitre 2, Démosthène a capturé l'oiseau et s'apprête à « faire une chose affreuse » (p. 97, l. 957), puis renonce. Au chapitre 4, il annonce à son fils que le mieux est d'abréger ses souffrances et l'emporte ; le lecteur apprend plus tard qu'il l'a soigné.
– *Le retournement dans l'attitude du père*, à la seule vue de la souffrance partagée entre l'oiseau et l'enfant (p. 154, l. 1399-1400 : « Démosthène comprit [...] parfaitement ce que son fils attendait de lui »), ou la *révélation du mensonge* (p. 180).
– *Le choix du point de vue interne* et le fait que le lecteur n'en sache pas plus que Yannis et découvre tout en même temps que le héros.

Lire

1 Quel âge a Yannis ? Quel travail fait-il auprès de son père ? Quelles marques de respect montre-t-il à l'égard de celui-ci, dans le langage, notamment ?

2 De quoi est fait le quotidien de Yannis ? Quel rapport entretient-il avec son milieu de vie, avec la nature en particulier ? Faites la liste de ce qu'il aime, de ce qu'il n'aime pas.

3 Pages 28-29, 45, 67-68 : relevez des indices du caractère de Yannis. Quels traits le garçon partage-t-il avec son père (cf. p. 97-98, 111-112, 115, 118-119) ? Quels sont les principes auxquels il est attaché ? De quel type d'éducation viennent-ils (cf. p. 19-20, par exemple) ?

4 Quel est le drame qui a marqué sa vie et celle de son père ? Faites le portrait psychologique de Démosthène en mettant en évidence le caractère ambivalent du personnage : quel type d'homme l'apparence montre-t-elle, dans son attitude, ses propos à l'égard de son fils, par exemple ? Qu'est-ce qui fait souffrir Yannis dans cette façon d'être ? Quelle phrase définitive prononce-t-il à la page 76 ?

5 Quel événement est la cause de cette rupture ? Quel est le drame qui inverse la situation entre Yannis et son père et les rapproche l'un de l'autre ? Commentez ce constat de Démosthène, qui renonce à tuer Nicostratos : « File retrouver ton maître ! Et essaie d'en faire un homme, puisque tu es si malin ! Moi, je n'ai pas réussi » (p. 98, l. 982-983).

6 Peut-on dire que Papa Kostas est un père de substitution ? Quand il dit à Yannis : « Je t'écoute, mon garçon. Conte-moi tes malheurs » (p. 80, l. 528), quel manque sa parole vient-elle combler ? Quel type de relation Yannis entretient-il avec lui ?

7 À la toute fin du récit, Démosthène dit à son fils : « Je suis plus calme maintenant. Je crois que j'ai compris certaines choses » (p. 186, l. 781-782). Qu'a-t-il compris ?

8 En quoi Nicostratos et Yannis ont-ils grandi ensemble ? Nicostratos a-t-il réussi à faire de son maître un homme ?

Écrire

9 Racontez une expérience, une rencontre dont vous avez compris qu'elle vous a fait grandir.

10 Yannis vit dans une île grecque, un peu en dehors du temps : vous sentez-vous proche de lui ou très éloigné de ses joies, de ses souffrances ? Justifiez votre réponse.

11 Yannis ne peut pas parler facilement avec son père : imaginez qu'il lui écrit une lettre pour oser dire ce qu'il a en lui. Vous écrirez ce texte à la première personne du singulier.

12 Et si Périclès était une fille nommée Angeliki, qu'est-ce que cela changerait à l'histoire ?

Chercher

13 On peut dire que Papa Kostas est le *mentor* de Yannis : quelle est l'origine de ce mot ?

14 La mère de Yannis s'appelait Cassandre : qui est ce personnage, issu de l'œuvre d'Homère ? Le trouve-t-on dans *L'Iliade* ou dans *L'Odyssée* ?

À SAVOIR

L'EXPLICITE ET L'IMPLICITE

De ces deux notions, c'est la deuxième qui est la plus importante pour les textes littéraires, parce qu'elle demande au lecteur d'aller chercher dans les « plis » du texte ce que celui-ci ne dit pas déjà de façon explicite ; elle l'amène donc à aller dans la profondeur du sens et à faire un travail d'interprétation. Elle peut concerner le récit à proprement parler, mais surtout les passages où les personnages s'expriment : les passages de paroles rapportées.

L'énoncé explicite est formulé et compris sans ambiguïté ; l'énoncé implicite exprime plus qu'il ne dit : il revient au lecteur de trouver ce sens caché et, donc, de compléter l'énoncé, si un personnage ne l'a pas fait avant lui. Nous en avons un exemple dans le dialogue entre Yannis et le capitaine du *Sténi Pappadès*, page 19, lignes 261-263, quand le garçon demande à celui-ci de lui donner l'oiseau. « Ce n'est pas si simple », répond l'homme. Cet énoncé est implicite et le narrateur le souligne : « Yannis comprenait parfaitement où ce porc voulait en venir ».

Démosthène nous offre d'autres exemples : le mutisme du personnage, son ambivalence induisent de nombreux énoncés implicites, parfois ironiques, que le lecteur doit « décoder ». « Je suis désolé d'avoir à t'apprendre que nous n'irons pas à Céphalonie », dit-il à Nicostratos qu'il s'apprête à tuer (p. 97, l. 953-954). Et quand, à la fin du roman, Yannis lui demande si Nicostratos pourra à nouveau voler, il lui répond : « Je ne pense pas. [...] Mais on s'accommode de bien des choses, crois-moi » (p. 186, l. 770-771).

Lire

1 Rappelez dans quelles circonstances se fait la rencontre entre Yannis et Nicostratos (p. 15-20) ; relevez des procédés dramatiques et des expressions qui expriment l'émotion du jeune garçon. Quel est l'acte « fondateur » de sa relation à l'animal ? Comment caractériseriez-vous les soins qu'il donne à l'oisillon ? Commentez cette phrase : « Les autres pélicans n'ont pas de mérite. Ils ont leurs parents pour leur apprendre. Lui, il n'a que moi » (p. 79, l. 501-502).

2 Pourquoi Yannis doit-il cacher la présence de l'oiseau à son père ? Quelle menace Démosthène voit-il dans Nicostratos ? Quels manques la rencontre avec le pélican vient-elle combler ?

3 Grâce à ce secret, de quoi est faite leur « vie idyllique » (cf. p. 59, l. 1264) ? Relevez des images qui montrent la tendresse partagée par les deux amis. Quel drame y met fin ? Leur séparation est-elle achevée et définitive ?

4 Montrez que Papa Kostas protège cette amitié tout au long du récit. Quel rôle joue-t-il dans la difficile relation de Yannis à son père ? Montrez que, par son enseignement, il est une aide précieuse pour le garçon. Quelles formes prend cet enseignement ?

5 Quels sont les manifestations de la douleur de Yannis à la disparition de son oiseau ? Commentez cette phrase : « Souffrir par Nicostratos, c'était encore être avec lui » (p. 163, l. 197). Est-on encore là dans la seule amitié ?

6 À quel moment du récit Périclès apparaît-il ? En quoi est-il différent de Yannis ? En quoi change-t-il la vie de Yannis ? Montrez qu'il existe un véritable échange entre les deux jeunes gens et qu'ils partagent des valeurs fondamentales.

7 Quelles preuves de son amitié Périclès donne-t-il ? Commentez ce jugement de Papa Kostas : « C'est donc un ami véritable, que Dieu t'envoie pour te sortir de ta sauvagerie. Et c'est heureux, car tu avais besoin de vivre un peu avec les jeunes gens de ton âge. Les pélicans et les chèvres, c'est bien joli. Mais pour la conversation, rien ne vaut un être humain » (p. 135, l. 912-915). Sur quoi repose donc, pour lui, l'amitié entre le jeune garçon et l'animal ?

Écrire

8 Quelle place a l'amitié dans votre vie ? Le monde animal en fait-il partie ? Si oui, sur quel mode, dans quelle mesure ?

9 Faites le portrait de votre « ami(e) de cœur » : comment l'avez-vous rencontré(e) ? Sur quoi repose votre amitié ? Que faites-vous ensemble ? Quel regard vos parents portent-ils sur cette relation ? Quel prix seriez-vous prêt à payer pour la préserver ?

10 Vous voulez adopter un animal, mais vos parents ne sont pas d'accord. Dans un dialogue avec eux, vous faites entendre vos arguments et essayez de les convaincre.

Chercher

11 Qui était le philosophe Socrate ? Quelle forme prenait son enseignement ? Quelle relation établiriez-vous entre celui-ci et celui de Papa Kostas ?

12 Cherchez, dans la littérature, d'autres exemples d'amitié entre un enfant, un adolescent et un animal.

13 Qu'est-ce qu'une parabole évangélique ?

À SAVOIR

ENSEIGNER PAR LE DIALOGUE ET LA COMPARAISON

Papa Kostas est le maître de Yannis. On sait qu'il lui fait lire les aventures d'Ulysse l'avisé (cf. p. 29), qu'il évoque avec lui les dialogues de Platon, disciple du philosophe Socrate, et qu'ils commentent ensemble des passages des Évangiles (cf. p. 164, l. 218-219).

Justement, le plus clair de son enseignement passe par la conversation et le dialogue amical avec Yannis. Car les « leçons » de Papa Kostas vont au-delà du grec démotique et des auteurs classiques : il s'agit de former l'esprit de Yannis, de l'ouvrir à l'autre et de faire de lui un homme. Un homme attaché, par exemple, à la valeur rare que représente toute vie (cf. p. 19, l. 277-278 : « L'oiseau est vivant. Pour moi, il vaut plus que l'or ») ; ou révolté par la violence, la bêtise.

Pour ce faire, Papa Kostas utilise souvent le rapprochement, la comparaison. Cette comparaison peut prendre la forme d'un récit, d'une parabole (*parabolè* signifie « comparaison » en grec) : celle entre les oiseaux et les idées (p. 52) ; entre les oiseaux et les anges (p. 80). La comparaison peut aussi naître d'un objet, d'une situation : comme dans l'épisode de la mosaïque représentant la baie de Myrta, qui se conclut par ces mots : « Je voulais te faire comprendre quelque chose. [...] Que parfois une chose semble éteinte ou morte et que, pourtant, il suffit d'un arrosoir d'eau pour lui rendre ses jolies couleurs » (p. 138).

Enseigner dans le dialogue amical, l'écoute de l'autre, pour faire accoucher l'esprit de ce qu'il sait, permet de faire le lien entre tradition classique et chrétienne.

Lire

1 Retrouvez dans *Nicostratos* les échos d'Homère en comparant, par exemple, les évocations de la mer de ce récit et celles de *L'Odyssée* (couleurs, sons, mouvements). Dans quel épisode le narrateur présente-t-il un personnage d'aède ?

2 Page 29, lignes 518-519, on peut lire : « Il faisait rose ? Comme à son habitude, Yannis sortit admirer le crépuscule ». Suit une courte description de la mer Ionienne. Relevez d'autres passages où le personnage s'arrête pour contempler la beauté de la nature. Cherchez ce qu'on entend par « fonction esthétique » de la description.

3 Montrez que Yannis est aussi très sensible à la beauté de Nicostratos, en relevant le vocabulaire de l'admiration (ex. : p. 33, l. 627 : « Tu es superbe ! »).

4 Page 57, le narrateur compare la tristesse de Nicostratos à celle du « poète Lamartine au bord du lac du Bourget ». Lisez le poème de Lamartine intitulé « Le lac » (in *Méditations poétiques*, 1820). Rappelez dans quelles circonstances dramatiques il a été écrit. En quoi l'expression de la tristesse de Yannis, chaque fois qu'il est séparé de son oiseau, rappelle-t-elle celle du poète ?

5 Quelle émotion, quel sentiment éveille chez vous cette phrase de Yannis : « Souffrir par Nicostratos, c'était encore être avec lui » (p. 163, l. 197) ? En quoi cette phrase est-elle « lyrique » ? Cherchez auparavant la définition de ce terme, et dites quel personnage de la littérature antique est à l'origine de ce genre poétique.

6 Nous avons vu que Papa Kostas utilisait souvent la comparaison, la parabole dans les dialogues avec son disciple : laquelle vous semble la plus belle, la plus poétique ? Justifiez votre réponse en expliquant pourquoi elle vous touche.

Écrire

7 Avez-vous été sensible à la description de la nature dans ce texte ? Vous a-t-elle fait voyager ? Aimez-vous les paysages méditerranéens ? Si oui, pourquoi ?

8 L'état de votre esprit modifie-t-il le regard que vous portez sur le monde, la nature en particulier ? Est-elle triste si vous êtes triste ? Plus belle quand vous êtes heureux ? Sa beauté peut-elle être consolatrice ?

9 Page 90, le narrateur compare la mer à de la soie : essayez de trouver d'autres comparants pour la mer.

Chercher

10 Page 60, lignes 20-22, l'auteur écrit en parlant de Yannis : « il s'installa sur le pont pour admirer les phosphorescences verdâtres des noctiluques tourbillonnant autour du bateau ». Il y a là un écho du poème d'Arthur Rimbaud intitulé « Le bateau ivre ». Dans quel vers ?

11 Recueillez quelques poèmes que vous avez lus et aimés, autour d'un des thèmes suivants : la mer, l'amitié ou l'animal. N'oubliez pas de citer précisément le nom de l'auteur, le titre du poème, la date de composition ou de parution et le titre du recueil.

À SAVOIR

LE « MIROITEMENT » DES MOTS OU LES PROCÉDÉS D'ENRICHISSEMENT D'UN TEXTE

On peut les observer facilement dans les passages de description de la mer, par exemple, ou dans les portraits.

– La *comparaison*. L'auteur écrit en parlant de la mer Ionienne : « Elle soupirait en se retournant sur le sable comme sur une litière de rubis bruissants » (p. 29, l. 522-523). Dans cette phrase le comparé est « le sable » et le comparant « une litière de rubis bruissants » ; l'outil de comparaison est « comme » ; le point de comparaison, implicite, est la couleur et le bruit du ressac sur le sable.

– La *métaphore* : « À perte de vue, la soie ionienne vibrait dans la lumière » (p. 90-91, l. 783-784). Cette figure est différente de la comparaison en ce sens qu'un ou plusieurs de ses constituants sont implicites. Ainsi, dans cette proposition, le comparé – la mer – et l'outil de comparaison ne sont pas exprimés ; c'est le comparant seul qui sert à désigner la réalité évoquée et qui sous-entend une comparaison entre le miroitement de la mer et celle de la soie.

– La *périphrase* : « L'animal jappeur » (p. 15, l. 171). Cette image substitue un groupe nominal au mot « oisillon » ou « oiseau ». Elle permet de garder plus longtemps le mystère sur l'origine exacte de la plainte. Sont aussi des périphrases les expressions « mythique volatile » (p. 102, l. 71) ou « ange blanc » (p. 104, l. 118).

– Les *reprises nominales*. Elles permettent d'abord d'éviter les répétitions, ensuite de nommer une réalité sous ses divers aspects. Page 20 : l'oiseau est repris par le mot « captif » à la ligne 287 et par le mot « trésor » à la ligne 291.

Lire

1 Que représente l'illustration de couverture ? Quel rapport établissez-vous entre le contenu du roman et cette illustration ? Quelle impression produit-elle sur vous ?

2 Qu'est-ce que la « quatrième de couverture » de votre livre ? Quelles informations donne-t-elle ? Quelle est sa fonction, dans l'acte de lecture ? Vous a-t-elle donné envie de lire cette histoire ? Justifiez votre réponse.

3 Pourquoi, selon vous, le roman porte-t-il le nom de l'oiseau et pas celui de l'enfant ? Ne sont-ils pas tous deux les héros de l'histoire ? Pour vous, qui est le héros de ce roman ? Et pour l'auteur, qu'est-ce qui semble le plus important, dans cette histoire ?

4 Montrez que le portrait « moral » de Yannis est un « portrait en action », c'est-à-dire que ce sont ses actes, ses paroles qui, peu à peu, dessinent son caractère ou précisent ses sentiments. Qu'est-ce qui vous plaît, ou vous déplaît en lui ? Vous ressemble-t-il par certains aspects ou est-il totalement différent de vous ?

5 À quelle personne le narrateur raconte-t-il l'histoire ? Le lecteur découvre souvent les choses en même temps que Yannis (l'oiseau, le secret du père, par exemple). Quel effet ce choix produit-il sur la relation entre le héros et le lecteur ? Avez-vous besoin de vous identifier au personnage principal pour apprécier le roman ?

6 Quelles sont les épreuves vécues par les deux héros ? Pour Yannis, en quoi modifient-elles son rapport à la réalité, aux autres ? Quelle relation sort transformée des expériences acquises par lui au cours du récit ? À partir de vos réponses essayez de dire ce qu'est un « roman de formation ».

7 À quoi avez-vous été le plus sensible en lisant ce roman ? À l'invitation au voyage dans une île, à la découverte d'une culture que vous ne connaissiez peut-être pas ? À l'évocation des relations poignantes entre un fils et son père ? Aux péripéties ? Justifiez votre réponse.

8 Certains passages vous ont-ils fait rire ou sourire ? Qu'est-ce que – ou qui – vous avez trouvé comique ? Pourquoi ?

9 Préférez-vous les histoires qui ont un heureux dénouement, comme celle-ci, ou celles qui de terminent mal pour le héros ?

Écrire

10 Imaginez une « bêtise » que Nicostratos ou Yannis auraient pu faire. Vous écrirez le texte à la première personne du singulier et au présent de l'indicatif, en vous mettant à la place de Yannis.

11 Préparez une fiche de lecture sur un roman de littérature pour la jeunesse qui vous a plu, en essayant d'expliquer vraiment pourquoi il vous a touché. Partez d'un passage du roman que vous avez particulièrement apprécié.

À SAVOIR

LES LIVRES DE LITTÉRATURE POUR LA JEUNESSE

Ces livres, souvent écrits pour former les jeunes lecteurs, pour leur permettre de découvrir le monde et de mieux se connaître, existent depuis longtemps. Certains ont d'abord été écrits pour un public plus large et, peu à peu, considérés comme des ouvrages pour la jeunesse, comme les contes de Charles Perrault, *La Belle et la Bête* de Madame Leprince de Beaumont ou *Le Petit Prince* d'Antoine de Saint-Exupéry. D'autres ont d'emblée été destinés à de jeunes lecteurs : *Les Malheurs de Sophie* de la Comtesse Rostopchine, par exemple, ou *Les Contes du chat perché* de Marcel Aymé. Toute une génération – celle née dans les années cinquante – a grandi avec les aventures du « Club des cinq », du « Clan des sept », d'« Alice » ou de « Fantômette » !

Depuis quelques décennies, la littérature pour la jeunesse est en plein essor et de nombreux écrivains comme Éric Boisset s'expriment essentiellement à travers ce genre.

Un roman de littérature jeunesse est souvent un roman de formation, c'est-à-dire un roman racontant les épreuves, parfois tragiques, d'un enfant ou d'une bande d'enfants, d'un adolescent, qui va au-devant du monde et affronte les réalités de la vie. C'est la situation de Yannis, et la rencontre avec Nicostratos, l'affirmation de leur amitié révèle tous les non-dits qui le tiennent à distance de son père, enfermé dans son mutisme depuis la mort de sa femme. Le narrateur est ici un simple témoin, étranger à l'histoire, mais beaucoup de romans pour la jeunesse sont écrits à la première personne du singulier, favorisant le cheminement du jeune lecteur vers la découverte de l'enfance des autres et le regard rétrospectif sur la sienne.

Cette étape repose sur l'étude comparative du roman d'Éric Boisset et du film *Nicostratos le pélican*, réalisé par Olivier Horlait (2011).

Lire

1 Le roman a pour titre *Nicostratos*, le film, *Nicostratos le pélican.* Peut-on dire que le roman est « éponyme » ? Comment nomme-t-on le texte qui permet d'adapter un récit à l'écran ? Et la – ou les personnes – qui le rédigent ?

2 Pourquoi le réalisateur doit-il faire des choix dans les scènes qui forment la structure narrative du récit ? Pourquoi, matériellement, ne peut-il pas mettre tout en image ?

3 Au mois de septembre 2008, Éric Boisset reçoit l'appel du réalisateur Olivier Horlait lui disant : « J'aime beaucoup votre roman *Nicostratos* et j'ai l'intention de l'adapter à l'écran. » Selon vous, qu'est-ce qui a pu séduire ce faiseur d'images ?

4 Les images du continent, de la ville, prennent plus de place dans le film et créent un cadre plus « réaliste », plus contemporain. Quel est l'effet recherché par le réalisateur ?

5 Comparez les personnages du roman et ceux du film. Quels sont ceux qui ont été conservés par le réalisateur ? Celui-ci a fait le choix de remplacer Périclès par une « jeune fille branchée de 17 ans », nommée Angeliki. Qu'en pensez-vous ? Qu'est-ce qui peut justifier cette modification dans la distribution des personnages ? Comment appelle-t-on, au cinéma, le travail d'« essais » qui permet de choisir les acteurs qui incarneront les « héros » d'un film ?

6 Yannis est incarné par un garçon d'une dizaine d'années qui s'appelle Thibault Le Guellec. Correspond-il à l'imaginaire que vous aviez bâti autour du personnage du jeune pêcheur ? Que diriez-vous de Démosthène (Emir Kusturica) ? La représentation de la relation père-fils vous a-t-elle ému ?

7 Pour « interpréter » Nicostratos, huit pélicans ont fait le voyage jusqu'en Grèce... Pourquoi huit, selon vous ?

8 Les îles choisies pour le tournage sont deux îles de la mer Égée : Milos et Sifnos. En quoi peut-on donc dire que le cinéma est souvent du « faux-vrai » ? Quels sont les lieux du roman que vous avez « reconnus » ?

9 Selon vous, qu'est-ce qui, dans ce film, peut séduire particulièrement un public jeune ? Pourquoi est-ce aussi un film « tous publics » ?

Écrire

10 En prenant pour modèle une critique de film que vous avez lue (dans un journal, un magazine ou sur Internet), essayez d'écrire la critique du film *Nicostratos le pélican.* Commencez par évoquer brièvement l'histoire – sans raconter la fin ! –, puis donnez deux ou trois arguments qui justifient votre opinion, positive ou négative. Terminez par un « argument d'autorité » qui convaincra définitivement votre lecteur. Attribuez enfin des étoiles à ce film (de une à cinq).

Chercher

11 Quels sont les métiers du cinéma ? Quelle est la formation nécessaire à chacun d'eux ? Quel est celui qui vous intéresserait ? Justifiez votre réponse.

12 Connaissiez-vous Emir Kusturica, l'acteur serbe qui interprète Démosthène ? Réalisez une fiche sur cet acteur.

À SAVOIR

ABORDER LE LANGAGE DU CINÉMA

Quelques outils simples permettent de regarder activement l'image cinématographique et d'aborder l'analyse filmique.

– Le *cadre* : le bord matériel de l'image.

– Le *champ* : l'image visible à l'intérieur du cadre ; le *hors-champ* est l'espace qui prolonge le champ, donc invisible. Il existe par la mémoire du spectateur et par la ligne du regard des personnages qui se dirige vers lui ; il peut aussi exister par des sons, que le spectateur perçoit mais dont il ne voit pas la source. Le jeu entre le champ et le hors-champ est un des principaux outils du langage cinématographique.

– Le *plan* : c'est l'unité de construction. C'est l'image entre deux coupures. Les principaux plans sont : le *plan d'ensemble* ou *plan général* (sur le décor, par exemple) ; le *plan moyen*, qui montre le personnage de la tête aux pieds ; le *plan américain*, qui le montre à mi-cuisses ; le *plan rapproché*, de la tête à la taille ; le *gros plan*, qui montre une réalité grossie.

– La *séquence* : une suite de plans qui constitue une unité narrative.

– Les *angles de prise de vue* : l'*angle normal*, qui place la caméra face à la réalité filmée, selon un axe horizontal ; l'*angle de plongée*, qui place la caméra au-dessus de l'objet filmé ; l'*angle de contre-plongée*, qui place la caméra au-dessous de l'objet filmé.

Tout plan est l'objet d'un choix – celui du cadreur, du réalisateur –, et la construction des plans entre eux, par le montage, crée l'écriture, le langage cinématographique. On peut reconnaître l'écriture d'un réalisateur, comme on reconnaît l'écriture d'un écrivain. On parle d'ailleurs de « cinéma d'auteur ».

D'AUTRES OISEAUX MYTHIQUES...

Le matin où Nicostratos apparaît sur le quai de l'île de Vathy, l'émotion est grande au spectacle du « grand oiseau blanc ». C'est l'émotion ressentie devant la beauté, mais aussi devant la manifestation d'une transcendance : « On se serait cru à la chapelle de Prévéli pendant l'élévation du Christ Panthocrator ! », écrit, avec humour, le narrateur. Car le pélican est bien l'oiseau mythique de ce récit, porteur de symboles fondateurs comme celui du cycle de la mort et de la vie, mais aussi de paraboles, comme celle qui compare les oiseaux aux idées.

D'autres oiseaux mythiques peuplent notre imaginaire et la littérature. Comme le pélican, la colombe, le phénix et l'albatros sont des oiseaux qui délivrent un message.

La Bible, Ancien Testament, Genèse, 8, 6-12

Le déluge se déverse sur la terre pendant quarante jours. Quand Dieu décide de se souvenir de Noé et des bêtes qui l'accompagnent dans l'arche, il fait cesser la pluie et diminuer les eaux. L'arche repose alors sur le mont Ararat, et Noé décide de lâcher deux oiseaux pour voir où en sont les eaux.

Or au bout de 40 jours, Noé ouvrit la fenêtre de l'arche qu'il avait faite. Il lâcha le corbeau qui s'envola, allant et revenant, jusqu'à ce que les eaux découvrent la terre ferme. Puis il lâcha la colombe pour voir si les eaux avaient baissé sur la surface du sol. Mais la colombe ne trouva pas où poser la patte ; elle revient à lui vers l'arche car les eaux couvraient

toute la surface de la terre. Il tendit la main et la prit pour la faire rentrer dans l'arche. Il attendit encore sept autres jours et lâcha à nouveau la colombe hors de l'arche. Sur le soir elle revint à lui, et voilà qu'elle avait au bec un frais rameau d'olivier ! Noé sut ainsi que les eaux avaient baissé sur la terre. Il attendit encore sept autres jours et lâcha la colombe qui ne revint plus vers lui.

Voltaire (1694-1778)

La Princesse de Babylone, in *Zadig et autres contes orientaux*, Pocket Classiques.

Le phénix est un oiseau fabuleux qui apparaît dans plusieurs mythologies. Il tire son nom de la couleur de son plumage (en grec, *phoinix* signifie « rouge »). Hérodote le cite au livre II de son *Histoire*, parmi les animaux de l'Égypte : « S'il ressemble à son portrait, ses ailes sont en partie dorées et en partie rouges, et il est entièrement conforme à l'aigle. [...] On en rapporte une particularité qui me paraît incroyable. Il part, disent les Égyptiens, de l'Arabie, se rend au temple du Soleil avec le corps de son père, qu'il porte enveloppé dans de la myrrhe, et lui donne sépulture dans le temple. » (*Histoire*, II, LXXIII). L'image du phénix qui s'installe sur un bûcher et renaît de ses cendres est plus tardive et demeure, pendant tout le Moyen Âge, le symbole de la résurrection du Christ.

Il est un des personnages principaux d'un des contes orientaux de Voltaire, *La Princesse de Babylone*. Formosante est la fille de Bélus, roi de Babylone. Alors que des jeux doivent départager ses prétendants, se présente un bel inconnu, Amazan, maître d'un oiseau aussi beau que lui. Rappelé par la mort prochaine de son père, il laisse le phénix – car c'en était un – à Formosante. Il devient son doux compagnon. Mais un jour, le roi d'Égypte, ivre et mauvais archer, blesse l'oiseau et le laisse tout sanglant entre les bras de Formosante. Le Phénix lui dit alors : « Brûlez-moi et ne manquez pas de porter mes cendres vers l'Arabie Heureuse [...] et de les exposer au soleil sur un petit bûcher de gérofle et de cannelle. » Ce qu'elle fait.

Dès que la princesse se vit dans cette terre, son premier soin fut de rendre à son cher oiseau les honneurs funèbres qu'il avait exigés d'elle. Ses belles mains dressèrent un petit bûcher de gérofle et de cannelle. Quelle fut sa surprise lorsqu'ayant répandu les cendres de l'oiseau sur ce bûcher, elle le vit s'enflammer de lui-même ! Tout fut bientôt consumé. Il ne parut, à la place des cendres, qu'un gros œuf dont elle vit sortir son oiseau plus brillant qu'il ne l'avait jamais été. Ce fut le plus beeau des moments que la princesse eût éprouvés dans toute sa vie ; il n'y en avait qu'un qui pût lui être plus cher : elle le désirait, mais elle ne l'espérait pas.

« Je vois bien, dit-elle à l'oiseau, que vous êtes le phénix dont on m'avait tant parlé. Je suis prête à mourir d'étonnement et de joie. Je ne croyais point à la résurrection ; mais mon bonheur m'en a convaincue. – La résurrection, madame, lui dit le phénix, est la chose du monde la plus simple. Il n'est pas plus surprenant de naître deux fois qu'une. Tout est résurrection dans ce monde ; les chenilles ressuscitent en papillons ; un noyau mis en terre ressuscite en arbre ; tous les animaux ensevelis dans la terre ressuscitent en herbes, en plantes, et nourrissent d'autres animaux dont ils font bientôt une partie de la substance : toutes les particules qui composaient les corps sont changés en différents êtres. Il est vrai que je suis le seul à qui le puissant Orosmade ait fait la grâce de ressusciter dans sa propre nature. »

Charles Baudelaire (1821-1867)

Les Fleurs du mal, « L'Albatros » (1859), Spleen et idéal, II (in *Baudelaire, œuvres complètes*, Robert Laffont, coll. « Bouquins ».

Dans ce poème dont on associe souvent la création à un voyage « dans les mers de l'Inde », Baudelaire établit une correspondance entre l'oiseau « gauche et veule » et le Poète, souffrant de devoir vivre « sur le sol », alors qu'il est un « roi de l'azur ».

Souvent, pour s'amuser, les hommes d'équipage
Prennent des albatros, vastes oiseaux des mers,
Qui suivent, indolents compagnons de voyage,
Le navire glissant sur les gouffres amers.

À peine les ont-ils déposés sur les planches,
Que ces rois de l'azur, maladroits et honteux,
Laissent piteusement leurs grandes ailes blanches
Comme des avirons traîner à côté d'eux;

Ce voyageur ailé, comme il est gauche et veule !
Lui, naguère si beau, qu'il est comique et laid !
L'un agace son bec avec un brûle-gueule,
L'autre mime, en boitant, l'infirme qui volait !

Le Poète est semblable au prince des nuées
Qui hante la tempête et se rit de l'archer ;
Exilé sur le sol au milieu des huées,
Ses ailes de géant l'empêchent de marcher.

BIBLIOGRAPHIE

• Histoires d'amitié entre enfants et animaux, en Poche.

– René Guillot, *Crin Blanc* (1959)
– Joseph Kessel, *Le Lion* (1958)
– Rudyard Kipling, *Le Livre de la jungle* (1894)
– Jack London, *Croc-Blanc* (1906)
– Daniel Pennac, *L'Œil du loup* (1984)
– John Steinbeck, *Le Poney rouge* (1933)

• Histoires d'oiseaux, en Poche.

– Richard Bach, *Jonathan Livingstone le goéland* (1970)
– Jean-Côme Noguès, *Le Faucon déniché* (1993)

• Sur le film *Nicostratos le pélican*

– Éric Boisset, Stéphane Durand, *Nicostratos, le livre du film,* Magnard, 2011

FILMOGRAPHIE

• Quelques films en correspondance avec *Nicostratos*...

– Olivier Horlait, *Nicostratos le pélican,* 2011
– Kelly Asbury et Lorna Cook, *Spirit, l'étalon des plaines,* 2001
– Pedro Gonzalez-Rubio, *Alamar*, 2010
– Luc Jacquet, *Le Renard et l'Enfant,* 2007
– Randal Kleiser, *Croc-Blanc*, 1991
– Michel Ocelot, *Azur et Asmar, 2006*
– Jacques Perrin, *Le Peuple migrateur*, 2001

SITES INTERNET

• Sur la Grèce, en littérature de jeunesse.

– www.weblettres.net

• Sur les oiseaux, dont le pélican.

– www.parcdesoiseaux.com

Classiques & Contemporains

SÉRIE « LES GRANDS CONTEMPORAINS PRÉSENTENT »

D. Daeninckx présente *21 récits policiers*
L. Gaudé présente *13 extraits de tragédies*
A. Nothomb présente *20 récits de soi*
K. Pancol présente *21 textes sur le sentiment amoureux*
É.-E. Schmitt présente *13 récits d'enfance et d'adolescence*
B. Werber présente *20 récits d'anticipation et de science-fiction*

Adam, *Je vais bien, ne t'en fais pas*
Anouilh, *L'Hurluberlu – Pièce grinçante*
Anouilh, *Pièces roses*
Balzac, *La Bourse*
Balzac, *Sarrasine*
Barbara, *L'Assassinat du Pont-Rouge*
Begag, *Salam Ouessant*
Bégaudeau, *Le Problème*
Ben Jelloun, Chedid, Desplechin, Ernaux, *Récits d'enfance*
Benoit, *L'Atlantide*
Boccace, Poe, James, Boyle, etc., *Nouvelles du fléau*
Boisset, *Le Grimoire d'Arkandias*
Boisset, *Nicostratos*
Braun (avec S. Guinoiseau), *Personne ne m'aurait cru, alors je me suis tu*
Brontë, *L'Hôtel Stancliffe*
Calvino, *Le Vicomte pourfendu*
Chaine, *Mémoires d'un rat*
Colette, *Claudine à l'école*
Conan Doyle, *Le Monde perdu*
Conan Doyle, *Trois Aventures de Sherlock Holmes*
Corneille, *Le Menteur*
Corneille, *Médée*
Cossery, *Les Hommes oubliés de Dieu*
Coulon, *Le roi n'a pas sommeil*
Courteline, *La Cruche*
Daeninckx, *Cannibale*
Daeninckx, *Histoire et faux-semblants*
Daeninckx, *L'Espoir en contrebande*
Dahl, Bradbury, Borges, Brown, *Nouvelles à chute 2*
Daudet, *Contes choisis*
Defoe, *Robinson Crusoé*
Diderot, *Supplément au Voyage de Bougainville*
Dorgelès, *Les Croix de bois*
Dostoïevski, *Carnets du sous-sol*
Du Maurier, *Les Oiseaux et deux autres nouvelles*
Du Maurier, *Rebecca*
Dubillard, Gripari, Grumberg, Tardieu, *Courtes pièces à lire et à jouer*
Dumas, *La Dame pâle*
Dumas, *Le Bagnard de l'Opéra*
Feydeau, *Dormez, je le veux !*
Fioretto, *Et si c'était niais ? – Pastiches contemporains*
Flaubert, *Lettres à Louise Colet*
Gaudé, *La Mort du roi Tsongor*
Gaudé, *Médée Kali*
Gaudé, *Salina*
Gaudé, *Voyages en terres inconnues – Deux récits sidérants*
Gavalda, Buzzati, Cortázar, Bourgeyx, Kassak, Mérigeau, *Nouvelles à chute*
Germain, *Magnus*
Giraudoux, *La guerre de Troie n'aura pas lieu*
Giraudoux, *Ondine*
Gripari, *Contes de la rue Broca et de la Folie-Méricourt*
Higgins Clark, *La Nuit du renard*
Higgins Clark, *Le Billet gagnant et deux autres nouvelles*
Highsmith, Poe, Maupassant, Daudet, *Nouvelles animalières*
Hoffmann, *L'Homme au sable*
Hoffmann, *Mademoiselle de Scudéry*
Huch, *Le Dernier Été*
Hugo, *Claude Gueux*
Hugo, *Théâtre en liberté*
Irving, *Faut-il sauver Piggy Sneed ?*
Jacq, *La Fiancée du Nil*
Jarry, *Ubu roi*
Kafka, *La Métamorphose*
Kamanda, *Les Contes du Griot*
King, *Cette impression qui n'a de nom qu'en français et trois autres nouvelles*
King, *La Cadillac de Dolan*
Kipling, *Histoires comme ça*
Klotz, *Killer Kid*
Leblanc, *Arsène Lupin, gentleman-cambrioleur*
Leroux, *Le Mystère de la chambre jaune*
Lewis, *Pourquoi j'ai mangé mon père*
London, *Construire un feu*
London, *L'Appel de la forêt*
Loti, *Le Roman d'un enfant*

Lowery, *La Cicatrice*
Maran, *Batouala*
Marivaux, *La Colonie* suivi de *L'Île des esclaves*
Maupassant, *Les Dimanches d'un bourgeois de Paris*
Mérimée, *Tamango*
Molière, *Dom Juan*
Molière, *George Dandin*
Molière, *Le Sicilien ou l'Amour peintre*
Murakami, *L'éléphant s'évapore* suivi du *Nain qui danse*
Musset, *Lorenzaccio*
Némirovsky, *Jézabel*
Nothomb, *Acide sulfurique*
Nothomb, *Barbe bleue*
Nothomb, *Les Combustibles*
Nothomb, *Métaphysique des tubes*
Nothomb, *Le Sabotage amoureux*
Nothomb, *Stupeur et Tremblements*
Pergaud, *La Guerre des boutons*
Perrault, Mme d'Aulnoy, etc., *Contes merveilleux*
Petan, *Le Procès du loup*
Poe, Gautier, Maupassant, Gogol, *Nouvelles fantastiques*
Pons, *Délicieuses frayeurs*
Pouchkine, *La Dame de pique*
Reboux et Muller, *À la manière de...*
Renard, *Huit jours à la campagne*
Renard, *Poil de Carotte* (comédie en un acte), suivi de *La Bigote* (comédie en deux actes)
Reza, *« Art »*
Reza, *Le Dieu du carnage*
Reza, *Trois versions de la vie*
Ribes, *Trois pièces facétieuses*
Riel, *La Vierge froide et autres racontars*
Rouquette, *Médée*
Sand, *Marianne*
Schmitt, *Crime parfait et Les Mauvaises Lectures – Deux nouvelles à chute*
Schmitt, *L'Enfant de Noé*
Schmitt, *Hôtel des deux mondes*
Schmitt, *Le Joueur d'échecs*
Schmitt, *Milarepa*
Schmitt, *Monsieur Ibrahim et les fleurs du Coran*
Schmitt, *La Nuit de Valognes*
Schmitt, *Oscar et la dame rose*
Schmitt, *Ulysse from Bagdad*
Schmitt, *Vingt-quatre heures de la vie d'une femme*
Schmitt, *Le Visiteur*
Sévigné, Diderot, Voltaire, Sand, *Lettres choisies*
Signol, *La Grande Île*
Stendhal, *Vanina Vanini*
Stevenson, *Le Cas étrange du Dr Jekyll et de M. Hyde*
t'Serstevens, *Taïa*
Uhlman, *La Lettre de Conrad*
van Cauwelaert, *Cheyenne*
Vargas, *Debout les morts*
Vargas, *L'Homme à l'envers*
Vargas, *L'Homme aux cercles bleus*
Vargas, *Pars vite et reviens tard*
Vercel, *Capitaine Conan*
Vercors, *Le Silence de la mer*
Vercors, *Zoo ou l'assassin philanthrope*
Verne, *Sans dessus dessous*
Voltaire, *L'Ingénu*
Wells, *La Machine à explorer le temps*
Werth, *33 Jours*
Wilde, *Le Crime de Lord Arthur Savile*
Zola, *Thérèse Raquin*
Zweig, *Le Joueur d'échecs*
Zweig, *Lettre d'une inconnue*
Zweig, *Vingt-quatre heures de la vie d'une femme*

Recueils et anonymes
90 poèmes classiques et contemporains
Ceci n'est pas un conte et autres contes excentriques du XVIIIe siècle
Ces objets qui nous envahissent : objets cultes, culte des objets (anthologie BTS)
Cette part de rêve que chacun porte en soi (anthologie BTS)
Contes populaires de Palestine
Histoires vraies – Le Fait divers dans la presse du XVIe au XXIe siècle
Initiation à la poésie du Moyen Âge à nos jours
Je me souviens (anthologie BTS)
La Dernière Lettre – Paroles de Résistants fusillés en France (1941–1944)
La Farce de Maître Pierre Pathelin
Poèmes engagés
La Presse dans tous ses états – Lire les journaux du XVIIe au XXIe siècle
La Résistance en poésie – Des poèmes pour résister
La Résistance en prose – Des mots pour résister
Les Aventures extraordinaires d'Adèle Blanc-Sec
Les Grands Textes du Moyen Âge et du XVIe siècle
Les Grands Textes fondateurs
Nouvelles francophones
Pourquoi aller vers l'inconnu ? – 16 récits d'aventures
Sorcières, génies et autres monstres – 8 contes merveilleux